KB245616

컴온, 졸라

이 도서의 국립중앙도서관 출판시도서목록(CIP)은 e-CIP홈페이지(http://www.nl.go.kr/ecip)와
국가자료공동목록시스템(http://www.nl.go.kr/ kolisnet)에서 이용하실 수 있습니다.
(CIP제어번호:CIP2013009813)

담쟁이 문고

컴 온, 졸라

홍양순 지음

실천문학사

차례

★

희망의 마법

끙끙 앓다 일어났더니 12시다. 줌마씨도 도그 클럽으로 나
갔는지 집에는 나 혼자뿐이다. 물이라도 마시려고 컵을 꺼내
는데 아침 설거짓거리가 그대로 있다. 오늘은 내가 지은 죄도
있으니 더 당당하게 두고 갔겠지. 하지만 사양하겠습니다. 왜
냐면 난 오늘 아침밥을 먹지 않았으니까요. 이미 죗값은 사채
씨한테 사정없이 귀싸대기 맞는 것으로 만족하게 치렀습니다.
무엇보다 줌마씨가 애지중지하는 졸라는 무사하니까요. 난 사
용했던 컵을 설거짓거리 위에 떳떳하게 올려놓는다.

아빠한테나 다녀와야겠다. 어, 근데 금요일이다. 아빠는 내
가 학교에 안 다니는 걸 모른다. 어떡하지? 아, 개교기념일이
라고 둘러대면 되겠다. 나의 날쌘 순발력이 썩 마음에 든다.

세수를 하려다 거울에 비친 얼굴을 보고 깜짝 놀란다. 뺨이 벌겋게 부어올라 한쪽 눈이 뜨다 만 것처럼 짜부라져 있다. 어쩐지 답답하다 했더니. 이놈의 사채씨를 아동학대죄로 확 신고나 해버릴까. 근데 한숨이 나온다. 한숨 쉬면 안 되는데. 이건 줌마씨가 충고해줬다. '으뜸아, 자꾸 한숨 쉬면 복 달아나는 거야. 될 일도 안 돼. 아빠 생각해서, 그렇게 한숨 쉬지 마.' 이런 말을 해주는 걸 보면 줌마씨가 아주 나쁜 사람 같진 않다. 줌마씨는 요즘 사채씨의 일이 풀리지 않는다고, 나라 경제만 잘 돌아가면 아빠 일도 수습될 거라며 조금만 참으라고 했다. 주식이랑 부동산이 반 토막 났다나 어쨌다나. 은행 이자 때문에 열이 바짝 올라 있다고도 했다. 하지만 나는 고개를 젓는다. 암만 줌마씨가 변명한다 해도 악랄한 사채씨를 이해하고 싶지는 않다.

부은 내 얼굴을 보고 걱정하실 아빠가 걱정이다. 그렇다고 이 집에 죽치고 있기는 죽기보다 싫다.

난 모자를 눌러쓰고 아파트를 나선다. 여기는 여의도다. 아파트 정문을 나가면 바로 옆에 방송국이 있다. 길 건너엔 사채씨가 목매다는 증권 회사들이 우뚝우뚝 서 있고 은행도 여기저기 널려 있다. 그래서 그 도로를 '국제금융로'라 부른다.

방송국의 계단식 분수를 지나, 등나무 아래로 떨어지는 인공 폭포수 소리를 들으며 국제금융로로 접어든다. 여의도역으로 가려면 반드시 거쳐야 하는 코스다. 녹색 불이 켜지며 횡단보도가 열린다. 점심시간인지 넥타이를 맨 아저씨들과 회사원 누나들이 떼로 건넌다. 사거리 신호등은 동시에 열리게 돼 있다. 직진이든 좌회전이든 우회전이든 대각선이든, 가고 싶은 방향으로 거침없이 한꺼번에 건널 수 있다. 우리 아빠도 저렇게 살 수 있으면 얼마나 좋을까. 원하는 곳으로, 거침없이 말이다. 사람들이 사거리 한가운데로 우르르 몰려들었다가 우르르 빠져나가는 모습은 언제 봐도 신기하고 부럽다. 나도 얼른 그들 사이로 달려간다. 대각선 건너편 은행에서 돈을 찾아야 하니까.

신길역. 아빠가 수감되어 있는 서울 남부 구치소로 가려면 갈아타야 하는 역이다. 면회 다니는 동안 구치소 이름이 바뀌었는데 기분이 참 이상했다. 면회하러 간 사람들도 이상하게 보였다. 모두 같은 기차를 타고 어디론가 멀리 떠나는 느낌이었다.

나는 천천히 1호선 화살표를 따라 걸음을 옮긴다. 여기서 갈아타지 않고 다섯 역만 더 가면 전에 살던 집이 있는 목동역이다. 발걸음이 무거워진다. 거기에 가고 싶다는 것은 아니다. 아니, 오히려 절대로 가고 싶지 않다. 다시 돌아갈 수 없는 곳은 돌아보는 게 아니니까. 그래야 한 발이라도 앞으로 나아갈 수 있으니까. 난 가야 하니까. 갈 길이 머니까.

에스컬레이터와 함께 높다란 계단이 나온다. 에스컬레이터를 지나 계단을 오른다. 천천히 층계를 하나하나 세면서. 나한테 넘쳐나는 건 시간이다. 계단은 74에서 끝난다. 74분, 74시간, 74일, 74개월 뒤에 난 뭘 하고 있을까. 74분 뒤엔 아빠를 만나고 있을 거고, 74시간 뒤엔 사채씨를 조금 용서하게 될까? 그리고 74일 뒤엔? 그때도 사채씨네 집에서 계속 살고 있을까? 아마도 그렇겠지? 74개월 뒤의 아빠는? 설마 그때까지도 갇혀 있진 않겠지? 당연! 바깥세상에서 열심히 일을 하고 계실 거다. 그때가 되면 난 스물한 살, 어떤 모습이 되어 있을지 궁금하다. 엄마와 송이는 어떻게 되어 있을까. 두 사람이 보고 싶다.

지하상가가 시작되는 곳에서 고소한 냄새가 풍겨온다. 입에 침이 고인다. 아까까진 느끼지 못했는데 갑자기 배가 고파온다. 천 원이면 바삭바삭하고 달콤한 와플이 입에서 부드럽게 녹을 텐데. 딸기 향 크림도 좋고 바닐라 향 크림도 좋은데. 결국 유혹을 이기지 못하고 지갑을 꺼낸다. 그래, 오늘은 사 먹자. 외롭고 슬픈 날이니까. 식구들도 보고 싶은 날이니까. 밥도 두 끼나 굶었으니까. 내가 와플을 먹어야 하는 이유는 무궁무진 많다. 돈을 꺼내는데 웬일로 로또 판매점이 내 시선을 와락 끌어당긴다. 차라리 이 돈으로 로또를 사면 어떨까. 얼마를 받을지는 모르지만 로또만 당첨되면 만사 오케이고 게임 끝인데. 사채씨의 코도 납작하게 만들고. 정말로 만약에 로또에 당첨된다면, 사채씨가 원하는 액수를 내 손으로 직접 세서 척 건네줄 테다. 나는 머뭇머뭇 판매대 앞으로 다가간다.

"로또 일등은 얼마예요?"

"몇 십억 될 때도 있고 몇 억 될 때도 있고, 대중없어."

난 허걱, 숨을 멈춘다. 그 돈이 얼마 정도인지는 모르지만 어마어마하게 많은 액수인 것만은 분명하다. 무엇보다 아빠의 빚을 다 갚을 정도는 충분히 되는 거 같다. 나는 과감하게 와플을 포기하고 로또를 선택한다. 굶주리는 대신 희망을 사는 거다. 오늘은 이걸로 그 어느 날보다 배가 부를 테다. 그리고 사채씨한테도 당당할 테다. 사채씨! 어디 두고 보자.

"한 장에 얼마씩이에요?"

"왜, 네가 사게?"

나는 고개를 끄덕인다.

"에구, 돈벼락 맞고 싶어서 애들이고 어른이고 환장하누나. 근데 어떡하니? 미성년자한텐 법으로 못 팔게 되어 있는데."

머리가 어질, 한다. 누구한테 되게 놀림을 받은 기분이다.

그럼 어떡하라고? 아무것도 못 하게 두 손 묶어놓고 왜 일을 안 하느냐고 야단치는 것과 똑같다. 우리 아빠를 저렇게 만들어놓질 말든가 로또라도 살 수 있게 해주든가. 난 화가 나는 걸 겨우 참는다. 이젠 아빠의 희망도 내 희망도 다 틀려먹었다. 로또 아줌마가 얼굴은 왜 부었느냐고 묻는다. 반갑지 않은 참견에 난 홱 돌아서고 만다.

암만해도 아빠를 만날 자신이 없다. 아빠는 부은 내 얼굴을 보고 무한한 상상을 펼칠 테니까. 그래, 오늘은 편지만 쓰고 돌아가자.

난 구치소 민원실의 시스템을 자세히 알고 있다. 그동안 공부를 꾸준히 해온 덕분이다. 사실은 무서워서 더 열심히 했다. 구치소에만 들어오면 난 죄인이 된 기분이었다. 그래서 게시된 글이나 안내 방송을 빠짐없이 잘 챙겨서, 조금도 법을 어기는 일이 없도록 조심했다. 잘 모르겠는 건 눈치를 봐가며 친절해 보이는 어른들한테 묻고 배운다. 처음 엄마하고 왔을 때는 엄마 뒤를 송이와 함께 쫄랑쫄랑 따라다니기만 했다. 엄마가 하는 일을 내가 직접 하게 될 것이라고는 꿈에도 생각 못 했다.

아닌 척해도 난 아빠 친구가 사채업자라는 걸 안다. 따로 부동산 사무실을 운영하는 걸 모르진 않지만, 친구한테 빌려준 돈을 받으려고 그렇게 악착을 부리는 걸 보면 사채업이 본업인 게 뻔하다. 그래서 난 그를 '사채씨'라 부른다. 사채씨의 부인이면서 유경의 새엄마인 '줌마씨'는 사채씨와 어울릴 호칭을 고민하다 '아줌마'를 줄여 만들었다.

사채씨는 엄마한테서 돈이 더 나올 낌새가 없자 미국 외가 얘기를 꺼냈다. 수소문해 물려받은 선배의 교복으로 어수선하게 중학교 입학식을 치르고 한 달쯤 지난 때였다. 합의금을 구해 오면 고소도 취하해주고 아빠를 풀어달라는 탄원서도 잘 써주겠다는 거다. 사채씨는 나를 붙잡고 있어야 엄마가 빨리 돌아온다고 계산했다. '으뜸이는 여기 놓고 다녀오시죠? 우리 유경이랑 같은 학년이니 알아서 학원도 보낼 게요.' 사채씨 말을 듣는 순간 난 옳다구나, 했다. 이미 한국을 뜨고 싶어 나를 설득하던 엄마도 그 제안에 솔깃했을 거다. 죽어도 따라가지 않겠다는 아들을 어쩌지 못해 애태우고 있었으니까.

한국에 남겠다는 선택은 내가 했다. 누구의 강요도 없이 내 마음에서 순수하게 우러난 결심이었다. 열네 살, 어른들은 철없는 나이라 하겠지만 나는 그 열네 살에 인생이 뭔지 단방에 알았다. 아빠가 수감되고 엄마가 미국으로 떠나고 싶어 하는 걸 알게 되면서, 어쩔 수 없이 철이 들었다. 이렇게 한순간에 어른이 될 수도 있다. 바로 나처럼.

암만 어른이라도 계속 힘든 일을 당하면 그다음은 안 봐도 비디오고 뻔할 뻔 자다. 아빠 혼자 넘어지고 넘어지다가 노숙자 팻말이라도 턱 만나게 되면? 텔레비전에서도 많이 봤고 공원에서도 봤다. 또 논술 시간에도 여러 번 그 문제를 다뤘다. 아빠가 구치소에서 풀려나와 혼자 우두커니 선 모습을, 그때의 아빠 눈빛을 도저히 상상할 수가 없다. 생각하는 것만으로도 싫다. 진짜, 진짜.

지지난 여름 방학, 공원에 뙤약볕이 지글지글 끓던 날, 나는 친구들과 땀을 뻘뻘 흘리며 롤러스케이트를 타고 있었다. 그때 갑자기 나타난 미친 아저씨, 아빠 또래의 남자가 십자가에 매달린 예수처럼 두 팔을 벌리고 뭐라 뭐라 소리치며 광장을 돌아다녔다. 누군가 잡아 늘려놓은 듯, 팔이 긴 아저씨였다. 깡마른 몸에 그 기다란 팔이 균형을 잡아주는 것처럼 보였다. 친구가 소곤거렸다. 내 친구 아빠야. 왜 덩크슛 잘하는 우리 아파트 애 있잖아. 나도 몇 번 봐서 아는 아이였다. 키가 크고 잘생기고 농구를 정말 잘했다. 걔네 아빠 망해서 노숙자 됐는데 이젠 미쳤대. 걔네 엄만 이혼하고 이사 갔어. 혹시 그 아저씨를 보지 않았어도 여기에 남겠다는 용기가 생겼을까. 그건 잘 모르겠다.

걸핏하면 난 아빠의 희망이라는 말을 들어왔다. 시험을 망쳤을 때나 잘 봤을 때, 칭찬을 들었을 때나 혼났을 때, 내 입에서 나가는 말 한마디로, 아빠의 희망은 곤두박질하거나 날개를 달았다. 나는 마법에라도 걸린 듯 '아빠의 희망'과 '미쳐버린 공원 아저씨'로부터 한 발짝도 움직일 수 없었다. 내가 엄마와 떠나지 못한 이유는 단지 그거다. 중학생이나 된 아들이 아빠한테 희망을 주진 못할망정 절망의 철퇴를 내릴 수는 없지 않나. 아빠가 미쳐서 공원을 돌아다니게 된다면? 으윽, 신음이 나온다.

나는 비치함에서 서신 용지를 꺼내 또박또박 편지를 쓴다.

아빠, 안녕?

잘 있지?

나도 잘 지내고 있어. 그러니까 걱정 마삼^^

오늘은 우리 학교 개교기념일이야. 근데 여기 면회 온 사람들이 넘 많아. 오후에 아저씨네 딸 유경이랑 공원에서 자전거 타기로 해서 못 기다리겠어. 미안, 아빠.

건강하게 잘 지내고 계세요. 식사도 잘 하세요. 또 올게.

우리 아빠, 아자, 아자! ^0^ ♥♥♥

으뜸 올림.

아빠한테 맞은 얼굴을 보이지 말자고 생각한 게 스스로도 기특하기만 하다. 난 역시 괜찮은 아들이다. 너무 자화자찬하는 거 같지만 우울한 기분을 낮게 하니까 잘난 척하는 것도 꼭 부끄러운 짓만은 아니다. 나는 편지를 두 번 접어 봉투에 넣고, 손바닥으로 탁탁 두드려 아빠한테 힘을 실은 다음 서신함에 집어넣는다.

오늘은 영치금 대신 진열장에서 견본품을 확인하며 아빠한테 전할 물건들을 신청서에 적어나간다.

우유, 통아몬드 사탕, 땅콩, 아빠가 좋아하는 둥굴레 차, 고추 장아찌.

이럴 때는 뿌듯함으로 가슴이 벅차오른다. 아빠 옆에 남기로 한 것은 정말 잘한 일이다.

★

졸라와 유경이

졸라가 오늘 밤도 어김없이 방문을 열고 있다. 집안사람들이 모두 잠들면 슬며시 문을 밀고 들어와 태연스레 단잠을 청하고, 새벽이 되면 쏜살같이 빠져나간다.

내가 사용하는 방은 전등 스위치를 끄면 깜깜 암흑이다. 잡동사니들이 창문을 가려 한낮에도 햇빛 한 줄기 안 들어온다. 문이 쑤욱, 열리면서 은은한 빛이 방 안에 스며든다. 스위치를 내리면 재빨리 이불을 뒤집어쓰고 암흑세계에 대항해 방어망을 구축하는 나는, 이때가 가장 좋다. 졸라를 위해 켜놓은 거실 조명등이 나에게도 광명을 나눠주는 시간이다.

졸라는 이불을 주둥이로 들추고 내 옆구리를 파고든다. 원래 이름은 '촐리'이지만 나는 '졸라'라고 부른다. 촐리라는 이름이 꼭 촐랑이처럼 꼴 보기 싫던 참에, 유경이가 녀석을 볼 때마다 '졸라 재수 없다'는 말을 입에 달고 다니는 걸 보고, 졸라라고 부르기로 했다. 졸라가 처음부터 그 이름에 반응한 건 아니다. '초올리~, 조올리~, 조올라~'에서 일주일 뒤 마침내 '졸라~'로 굳어졌다. 이 녀석은 자기 때문에 오늘 내가 몹쓸 짓을 당한 줄 알기나 할까. 보드라운 털이 손가락 사이를 간질인다. 사실 난 녀석을 절대 용서하지 않으리라 별렀다. 아까 오이를 우적우적 씹어 먹을 때까지만 해도. 저녁나절 너무 배가 고파, 물을 마시는 척하면서 냉장고에서 오이 하나를 몰래 꺼내다 먹었다. 씻지도 못한 오이를 씹으며 이를 부득부득 갈았다. 나를 골탕 먹인 녀석을 생각하면 오이를 삼키는 게 아니라 부아통을 목구멍으로 넘기는 거 같아 뱃속이 부글부글 끓었다. 줌마씨도 화가 안 풀렸는지 끝까지 저녁 먹으란 말을 꺼내지 않았다.

근데…… 솔직히 고백하겠다. 누워 있으니까 자꾸자꾸 눈물이 날 거 같아 졸라를 쿨하게 용서하기로 마음먹었다. 아니다. 사실은 멍청하게 다른 데 가지 않고 우리 엘리베이터를 잘 찾아와준 게 고마워 빨리 왔으면 하고 내내 기다렸다. 만약 졸라가 잘못되었다면…… 으악, 생각만 해도 온몸에 소름이 끼치고 머리통이 뜨거워진다. 사채씨가 뻥까는 게 아니라면 졸라 몸값도 물어줘야 할 뻔했다.

졸라는 수염과 눈썹, 가슴과 발이 함박눈처럼 하얗고, 몸통은 새까만 암컷 포메라니안이다. 그것도 냉면 그릇에 쏙 담길 만한 크기. 5대째 미국 도그쇼 챔피언의 혈통을 지닌 개라고 줌마씨의 자긍심이 대단하다. 몇 주먹 거리도 안 되는 게 그냥 챔피언도 아니라 여러 대회를 휩쓴 그랜드 챔피언이란다. 줌마씨는 졸라를 또 도그쇼에 내보낸다며 며칠 전부터 준비에 들어갔다. 이번 대회가 끝나면 다음번엔 뉴욕에 진출시키겠다고 벼르고 있다. 뭐, 몸값이 칠천만 원? 칠천만 원씩이나 된다고? 칠천만 원이란 돈은 도대체 얼마나 될까?

난 졸라의 몸값으로 돈이란 게 무엇인지 그 정체를 확실히 깨닫는다. 돈은 힘이면서 사랑이고, 죄이면서 벌이다. 따로따로인 거 같지만 돈은 그것들과 다 연결되어 있다. 돈 때문에 사채씨가 힘을 갖는 거고 아빠가 힘을 잃은 거고, 돈 때문에 졸라가 더 사랑받는 거고 사채씨가 더 사랑하는 거고, 돈 때문에 아빠가 죄인이 된 거고 또 돈 때문에 벌도 받는 거다. 또 그놈의 돈 때문에 내가 사채씨한테 된통 맞는 거다. 졸라가 똥개였다면 그렇게 다짜고짜 따귀를 갈겼을까. 사채씨는 돈 때문에 죄를 짓고 나는 돈 때문에 벌을 받았다. 사채씨가 엄마한테 요구하는 돈은 얼마일까. 엄마는 내게 그런 건 알 필요 없다고 가르쳐주지 않았다. 설마 아빠 인생이 개 값보다 못하지는 않겠지?

아빠가 가죽을 납품하던 큰 회사에 부도가 났다. 수출로 물건도 잘 팔고 돈도 잘 벌던 회사가 달러 폭등에 발이 걸려 무너진 거라고 했다. '미국발 금융 위기'라는 말이 텔레비전과 신문은 물론, 우리 토론 시간까지 뒤흔들어 머리를 아프게 만들던 때였다. 큰 사장님과 아빠가 달러 괴물과 싸우느라 허겁지겁 빌린 뭉칫돈에 이자가 눈덩이처럼 불어났다. 기어이 큰 사장님은 회사 사장실에서 목을 매달았다. 아, 생각하기도 싫은 일이다.

졸라가 내 잠자리를 방문하기 시작한 건 내가 이 집에 온 지 얼마 안 돼서다. 앙칼지게 달려들던 첫 만남과는 다르게 녀석이 먼저 손을 내밀었다. 어느 날, 제대로 닫히지 않은 방문을 은근슬쩍 밀고 들어왔다. 나는 못 이기는 척 녀석을 받아들였다. 어쩌면 반가웠는지도 모른다. 아예 다음날부턴 조금만 힘을 줘도 재깍 문이 열리도록 해놓았으니까. 졸라는 수고스럽게 앞발을 처들 필요가 없다는 걸 바로 파악했다. 머리통으로 쑤욱, 밀면 그만이다. 역시 똑똑한 녀석이다. 그럼에도 큰 약점이 있었으니 사람의 품을 너무나 그리워한다는 거다. 망사 커튼으로 장식된 자기의 원형 침대는 거들떠보지도 않는다. 줌마씨가 사채씨 차지가 되는 밤에는 어쩔 수 없이 대타를 찾아야 하는데, 유경은 절대 그 역할을 허락하지 않으므로 그 대타는 당연 내가 되었다.

나는 잠을 청해보려고 눈을 감는다. 악몽 같은 하루가 끝나가고 있다. 길고 힘든 하루였다. 혹시 사채씨한테 기특하고 불쌍해 보이지 않을까 해서, 그만 우리 아빠를 풀어주고 싶은 마음이 생기지 않을까 해서, 눈치껏 집안일을 거들거나 졸라의 오줌똥을 자원해서 누이는데, 오늘 아침 끔찍한 사고가 터졌다. 졸라를 데리고 산책하는 김에 재활용품 분리수거까지 하리라 욕심을 부린 게 잘못이었다. 눈 깜짝할 새에 졸라가 사라졌다. 그 일을 떠올리자 다시 맥이 풀리며 몸이 바닥으로 가라앉는 거 같다. 다 잊고 푹 자자. 졸라도 동의하는지 콧소리를 흐흥, 낸다.

"촐리! 촐리야!"

어, 이거 줌마씨 목소린데. 나는 졸라 입부터 막는다. 좋다고 캉캉 소리라도 지르면 낭패.

"촐리야, 촐리! 컴 온! 컴 온!"

누가 들을세라 줌마씨가 목소리를 낮춰 졸라를 찾고 있다. 웬일이지?

"촐리야, 어딨어?"

줌마씨가 화장실 스위치를 켜는 소리가 들린다. 이걸 어떡하지? 머리가 핑 도는 거 같다. 지구도 무서운 속도로 휙 자전하는 거 같다. 나는 얼른 정신을 차린다. 위기일발의 순간 갑자기 방문이 열린다.

"줌마 왜 저래? '컴 온' 좋아하시네."

유경이 급히 문을 닫으며 소리 죽여 말했지만 나한텐 천둥 벼락 소리처럼 들린다. 얘는 또 어쩐 일로 이 방에 왔을까?

"촐리 소리 나지 않게 해."

"으응. 내보내버릴까?"

왜 내 방으로 왔는지 자초지종을 물어볼 새도 없다. 유경이도 정신이 없는지 내 말을 바로 받는다.

"지 개새끼 어떻게 한 줄 알고 또 지랄할 건데?"

"그럼 어떡해?"

우물쭈물하는 사이 졸라가 화장실에 없는 걸 확인한 줌마씨가 부엌 쪽으로 가는 거 같다.

"야, 지금 내보내."

"알았어."

졸라를 안아 올리는데 어찌해볼 틈도 없이 졸라가 캉, 짖으며 뛰어내려 방문을 박박 긁는다. '캉캉캉!' 나는 숨이 멎어버리는 거 같다.

"촐리야! 어머머, 쟤가 왜 저기 있어. 여보! 유경 아빠!"

줌마씨가 울부짖듯 사채씨를 부른다. 유경이 잽싸게 졸라를 안아 방문을 벌컥 연다. 그리고 냅다 줌마씨 앞으로 던진다. 줌마씨가 '넌……' 하다가 말을 잇지 못한 채 졸라를 받으려고 팔을 뻗고 달려온다. 나도 놀란 건 마찬가지다. 유경이 그렇게 무지막지하게 졸라를 던질 줄은 몰랐다. 줌마씨가 졸라를 받기에는 터무니없이 멀다. 엉겁결에 내가 졸라를 받으려고 뛰어나간다. 어느새 사채씨가 몸을 날려 날쌔게 슬라이딩, 떨어지기 직전의 졸라를 받아 안고, 나와 호되게 부딪친다. 사채씨의 이마에 내 콧날이 왕창 깨진 거 같다. 코끝이 찡하더니 붉은 핏방울이 바닥으로 뚝뚝 떨어진다. 졸라도 놀랐는지 사채씨 품에서 오줌을 질질 싸고 있다. 질겁한 사채씨가 녀석을 얼른 바닥에 내려놓는다. 졸라는 오줌을 질금거리며 지척지척 거실 구석으로 피한다. 줌마씨가 급하게 따라가다 졸라의 오줌에 미끄러지면서 된통 엉덩방아를 찧는다. 나와 사채씨는 어, 어, 하며 속수무책으로 바라보고, 유경은 킥킥거리며 웃는데, 줌마씨의 화가 창자를 끊을 기세로 폭발한다.

"이 계집애가!"

줌마씨가 유경을 붙잡으려 하자 유경이 재빨리 방문을 닫고 들어가 문을 잠가버린다. 급하게 문을 닫은 탓에 유경의 잠옷이 문틈에 끼었다. 유경이 줌마씨한테 절대 건드리지 말라고 경고한 적이 있던, 사채씨도 냄새가 나든 썩어 빠지든 그냥 내버려두라고 하던, 유경의 친엄마가 사줬다는 헬로우키티 잠옷이다. 그런데 독살난 줌마씨가 장 서랍을 열더니 가위를 집어든다.

"이 사람아, 그건 안 돼! 그러지 마!"

줌마씨는 이를 앙다물며 쏜살같이 유경의 방 앞으로 달려
간다.

"야, 유경! 얼른 잠옷 빼."

사채씨가 유경의 방을 향해 다급하게 소리친다. 벌써 문 앞에
당도한 줌마씨가 사채씨를 무섭게 노려보고는 유경의 잠옷을
싹둑싹둑 잘라낸다. 유경이 방문을 발칵 열고 줌마씨의 손에서
가위를 낚아채 홱 던진다. 하필 그게 줌마씨가 매일 공들여 주
름을 잡아놓는 졸라의 망사 커튼을 찢고 바닥에 떨어진다.

"악! 이놈의 계집애! 못된 계집애! 똥통 같은 계집애!"

줌마씨가 졸라에게 달려가며 악을 쓴다.

"똥통?"

"머리에 똥밖에 안 들었으니 똥통이지. 대체 쟤들 우리 촐리
를 데려다 저 방에서 뭘 했던 거야? 어이구, 촐리야! 우리 촐
리! 컴 온."

그제야 사채씨도 정신이 드는지 졸라 쪽으로 달려가며 괜찮
냐고 묻는다.

"오줌 지리는 거 보면 몰라요? 얼마나 놀랐으면 그래. 쟤들
촐리한테 어떤 수작을 했는지 좀 다그쳐봐. 그러잖아도 아침
에 놀랐을까 봐 걱정돼 나와봤는데 그게 문제가 아니었잖아!"

"얼른 응급실에라도 가봐. 진정제라도 맞혀야 하는 거 아
냐? 잘못되면 큰일 난다, 큰일 나."

유경이 빈정거린다.

"개새끼는 놀랐다고 진정제까지 놔주고. 부모가 제 인생들 살기 바빠 팽개쳐버린 딸내미만 불쌍해 죽겠네. 개새끼보다도 못한 취급받으면서 콱 죽지 못하고 뭐하러 사나 몰라."

혹시 유경은 졸라를 죽이고 싶은 마음에 던져버린 건 아니었을까. 끔찍한 생각에 스스로 놀라 부르르 떠는데 사채씨가 소리를 버럭 지른다.

"이 원수 같은 자식아! 아빠가 널 굶겨? 죽자 사자 안 가르쳐? 그나저나 너희 둘이 붙어서 그 방에서 뭐하는 거야?"

"그래, 아빠 딸내미 넘 외로워서 으뜸이 방에 가서 잤어. 뭐 잘못됐어? 복에 겨운 개새끼가 저 불쌍한 창고 같은 델 왜 기어드는지 진짜, 정말, 알 수가 없고요~오!"

"둘이 같이 잔다고?"

"그래, 둘이서 자. 유치한 상상은 끄셔."

"너희 정말 아무 짓도 안 했지?"

사채씨가 눈을 부릅뜨며 내 쪽으로 돌아선다. 온몸이 후들거린다. 유경이는 왜 엉뚱한 소리를 해서 나를 구렁텅이에 몰아넣을까.

"네가 같이 자자고 꼬드겼어?"

사채씨가 험상궂은 표정으로 묻는다. 나는 세게 고개를 젓는다. 거짓말이라고 말해야 하는데 입이 굳어버린 거 같다.

"애는 아무 잘못 없거든요!"

유경이 자기 아빠를 가로막으며 악다구니한다.

"애한테 손 한 번만 더 대면 진짜 가만 안 있을 거야!"

악 받친 유경이 아침에 있었던 일까지 속사포로 쏘아댄다. 사채씨가 나를 슬쩍 쳐다보더니 탁자 위에 있는 재활용 휴지를 던지며 한마디 한다.

"코피나 닦아, 새꺄!"

나는 안도감에 허겁지겁 휴지를 받아 얼굴과 손을 닦치는 대로 쓱쓱 문지른다. 이 집에선 휴지도 재활용한다. 쓰고 난 휴지를 거실 탁자 위에 모아두었다가 졸라 똥을 치우는 데 사용한다. 정확히 말하면 다른 식구들은 거들떠보지도 않는 일을 사채씨 혼자 열심히 한다. 나름 쓰기 좋게 차곡차곡 접어놓는 센스까지 보이면서. 사채씨의 코딱지가 붙어 있든 졸라의 눈곱이 묻어 있든 난 그저 황공할 뿐이다. 이거 말고 뭘 더 바랄까. 뭘 바랄 수나 있을까. 한숨이, 뜨거운 한숨이 배꼽 아래서부터 요동치듯 올라와 혀끝에서 하르르 떨린다. 나는 줌마씨를 눈으로 좇는다. 졸라를 병원에 데려갈 준비로 정신없는 줌마씨가 내 한숨 따위에 관심이 있을 턱이 없다. 난 이런 생각을 하는 내가 싫다. 동정심을 바라는 게 아니고 뭐란 말인가.

★

엄마의 선택

사채씨한테서 방문을 잠그고 자라는 엄명이 떨어졌다. 나는 기꺼이 받아들였다. 아쉬운 마음은 들지 않았다. 그냥 내 일만 잘하리라 다짐했다. 내 임무는 수감된 아빠를 잘 기다리는 일이다. 좀 거창하게 말하면, 아빠한테 희망을 심어주는 프로젝트를 성공적으로 수행하기. 이 사실만 명심하면 된다.

'졸라의 실종 사건'과 '유경과의 오해 사건'을 치르면서 배짱이 많이 생겼다. 어둠이 무섭지 않게 된 거다. 이젠 암흑세계 방어망 따윈 구축하지 않는다. 잠잘 시간이 되면 익숙하게 전등 스위치를 내리고, 더듬거리지 않고도 내 이불을 찾아 똑바로 몸을 누이고, 어둠 속에서 두 눈을 말똥말똥 굴리며 잠을 청하기도 하고, 생각도 하고, 상상도 하다 보면 멀리 외출 나갔던 잠이 슬그머니 찾아든다. 그 사건들을 겪지 않았다면 감히 캄캄한 어둠과 대적하지 못했을 거다.

이제 졸라도 밤에는 묶이는 신세가 되었다. 졸라를 안타까워하는 줌마씨가 밤새 들락날락, 졸라 곁을 떠나지 못했다. 그 일로 사채씨와 줌마씨는 한밤중 대판 붙었다. 내가 보기엔 사채씨가 졸라를 질투하는 거 같았다. 그건 분명 질투였다. 그런데 싸움이 좀 이상한 데로 흘러갔다. 사채씨는 졸라한테서 새끼나 배게 하라며 버럭버럭 소리를 지르고, 줌마씨는 그럴 수 없다며 바락바락 대들었다. 한순간 삿대질이 손찌검까지 가나 했더니, 사채씨가 쳐들었던 손을 내려 다행히 육탄전으로 번지는 화는 면했다. 개새끼가 돈만 써대면 무슨 쓸모가 있어. 한 살이라도 어릴 때 투자금을 회수해야지. 뭐가 됐든 본전보다 밑지면 종치는 거야. 한마디로 꽝 되는 거란 말이야. 잘나가는 종견 알아볼 거니까 그리 알아. 안 그럼 당장 치워버린다! 네가 자식 안 낳겠다고 해서 그런 것도 있지만 영 속계산 없이 내가 그랬겠어? 줌마씨가 아이를 안 낳는 대가로 졸라를 데려왔다는 말은 좀 뜻밖이었다. 그래서 졸라를 자식처럼 쪽쪽거리고 물고 빨고 유난을 떨었던 거구나. 좀 이상하긴 하지만 이해될 것도 같고 안 될 것 같기도 했다.

싸움 이후, 졸라를 대하는 줌마씨의 분위기가 침착하게 돌아섰다. 대신 사채씨가 알랑대는 태도로 바뀌었다. 줌마씨를 독차지해 만족스러운 건지 도그 클럽이랑 간식도 먼저 챙기고, 이번 챔피언을 따 오면 한우 스테이크를 포상하겠노라 큰소리도 쳤다. 그 바람에 유경의 눈초리가 마구 사나워지더니, 졸라가 당하는 수난이 커졌다. 두 사람 몰래 주둥이를 붙잡혀 꼬집히면 비명을 지를 수도 없었다. 견디다 못한 졸라가 밤낮 끙끙 앓으며 유경을 말려달라는 신호를 보냈지만 아둔한 주인님들은 목줄을 풀어달라는 앙탈로만 받아들였다. 주인님의 잘못된 판단에 졸라는 이를 깨물며 포기할 수밖에 없었다.

그래, 누구한테나 시련은 필요한 건지 모른다. 유경은 이 부분에서 공부가 덜 끝났다. 자기 혼자 세상 괴로움을 다 짊어진 것처럼 계속 죽을상을 하고 다닌다. 나를 변명해주느라 사채씨한테 악바리처럼 대들 때와는 딴판으로 내 눈길도 피한다. 이젠 서로 아는 척 좀 해도 괜찮은데, 졸라한테도 좀 너그러워지면 좋을 텐데 말이다.

나는 일부러라도 더 철이 들려고 노력한다. 마음 약해질까 봐 엄마와 연락하지 않는 것만 봐도 내가 얼마나 노력하는지 증명할 수 있다. PC방에만 가면 얼마든지 엄마와 편하게 연락할 수 있는데도 말이다. 걸핏하면 사채씨가 전화를 걸어 엄마를 바꿔주지만 난 절대 그의 꿈수에 말려들지 않는다. 시시콜콜 일러바쳐주기를 바라겠지. 어림없는 소리다. 엄마는 내가 학교에도 잘 다니는 줄 알고 있다. 사채씨가 학교조차 보내지 않을 거라곤 꿈에도 생각 못 한다. 학교? 학교 얘기는 하고 싶지 않다. 몇 달 다니지도 못한 중학교가 꿈이었던 것처럼 아득해 실감 나지도 않는다. 그래, 아빠 일 말고는 아무 생각도 하지 말자.

난 어릴 때부터도 못 말리는 고집통이란 소릴 듣고 자랐다. 서너 살, 기억에는 없지만 조립식 모델을 구경하겠다는 내 생떼를 이기지 못한 엄마가, 결국 나를 문방구에 맡기고 집에 간 적도 여러 번이란다. 에구, 뭐가 뒤틀렸는지 유치원 졸업 사진도 기어이 안 찍었다나. 그런 말을 들을 때마다 살짝 창피하기도 했는데, 요즘엔 없는 고집도 만들어내야 할 판이라 그런 내가 기특하기만 하다. 내 고집은 이제 무기이고 재산이다.

엄마가 구해 오는 액수에 따라 아빠는 진짜 형을 살러 교도소로 넘어갈 수도 있고, 구치소에서 끝날 수도 있다고 했다. 엄마가 애초 돌아올 생각이 없었다는 걸 알면 사채씨는 얼마나 기겁할까.

잠이 오지 않는다. 지금 몇 시나 되었을까. 안방 쪽이 시끄럽다. 혹시 또 사채씨랑 줌마씨가 싸우나. 졸라가 럭비공 신세가 됐던 밤 이후 줌마씨 신경이 많이 예민해졌다. 갑자기 사채씨 목소리가 쩌렁쩌렁 가까워진다.

"그냥 재판받게 둘 작정입니까? 저대로 형을 살게 할 작정이냐고요? 아들놈하고 통화라도 해보세요. 야, 으뜸! 엄마 전화

받아봐!"

사채씨가 주 중 행사처럼 또 엄마를 닦달하나 보다. 나는 호흡을 가다듬고 천천히 일어난다. 사채씨가 방문 손잡이를 신경질적으로 돌려대며 재촉한다. 나는 최대한 시간을 끌며 문을 연다. 사채씨가 전화기의 아랫부분을 손으로 막고 사납게 지시한다.

"죽겠다고 해. 엄마 빨리 오라고 해. 아빠 불쌍하다고 해. 울어. 알았어? 엉엉 울란 말이야. 아저씨한테 신 나게 얻어터졌다고 일러도 돼."

전화기를 내미는 사채씨의 눈에서 금방이라도 시퍼런 불꽃이 튈 거 같다. 으르렁대는 꼴이, 잘못하면 성난 불도그처럼 한바탕 물어댈 태세다. 왈칵 무섬증이 인다. 사채씨의 말에 따라야 하는 거 아닐까. 머뭇머뭇하는데 유경이 제 방문을 벌컥 열고 나와서는 제 아빠를 노려보듯 지켜본다. 난 마음을 다잡고 전화를 받는다. 소란스러운 틈을 타 줌마씨가 달려와 졸라를 어른다.

"으뜸아, 잘 들어. 엄마 한국 안 들어가는 거 알지? 조금이라도 마음 바뀌면 연락해. 오는 방법 바로 마련할 테니까. 이젠 전화 없앨 거야. 무슨 뜻인지 알지?"

사채씨가 머리를 꽁 쥐어박으며 눈을 부릅뜬다. 빨리 시키는 대로 하라는 신호다. 머리에 구멍이라도 뚫어놓았나. 눈물이 찔끔 나게 아프다. 유경이 나를 대신해, 제 아빠의 팔뚝을 꼬집는다. 사채씨가 그런 유경을 방으로 밀어 넣으려 한다. 유경이 안 들어가려고 버티다 소리를 지른다.

"아, 짱 나!"

"무슨 일이니? 너한테 그러는 거야?"

엄마가 다급하게 묻는다.

"아냐, 걱정 마요. 아빠도 잘 있고 나도 잘 있어."

"근데 너 왜 메일 안 하니? 언제까지 고집부릴 건데?"

"난 안 가. 절대."

사채씨가 전화기를 낚아채 여보세요, 여보세요, 외친다. 엄마는 이미 전화를 끊은 거 같다.

"이 쌍놈의 여편네가! 아들만 빼 가시겠다, 어디 맘대로 되나 보자. 야! 너 꿈도 꾸지 마. 햐, 이거 열받네."

사채씨가 씩씩거리며 다시 통화를 시도해보지만 연결되지 않는다.

"나 안 갈 거니까 걱정 마시고 우리 엄마한테는 욕하지 마세요."

"하이고, 효자 났네, 효자 났어. 야, 유경! 넌 이런 것 좀 배워. 등골 빠지게 뒤대는 아빠한테 대들지만 말고. 그나저나 내가 미쳤지. 합의금 마련은 뭘 얼어 죽을! 이 쌍놈의 여편네가 지랄 맞게 전화를 꺼놓네."

"우리 엄마 욕하지 말라고 했죠?"

"이 새끼가 돌았나. 시브랄, 들어가! 너도! 당신은 여기 나와서 뭐해?"

유경이 혀를 날름 내밀고는 제 방으로 쾅 들어간다. 줌마씨도 미적미적 일어선다. 졸라가 가지 말라는 듯 캉캉 짖으며 줌마씨한테 매달린다. 나도 이때다, 하고 얼른 내 방으로 피한다.

"이놈의 여편네를 이제 어떡하지. 영 골 때리네."

"한국에 안 들어오겠대요? 그럼 쟤 어떻게 해요?"

"길바닥에 내쫓아버린다고 엄포하면 되레 얼씨구, 할 거고. 극약 처방을 궁리해야지, 그 쌍놈의 여편네."

사채씨의 구시렁거리는 소리와 줌마씨의 종알거리는 소리가 멀어진다. 저 쌍놈의 사채씨, 우리 엄마한테 욕하지 말라고 했는데 끝까지 욕질이다. 갑자기 욕이 어떤 생물처럼 느껴진다. 아무한테나 뛰어들어 숨 쉬고 움직이는, 멋대로 화내고 성질부리는, 그리고 쑥쑥 자라나는…….

엄마가 전화까지 없애겠다는 걸 보면 정말로 돌아올 마음이 없는 걸까. 휘유, 한숨이 올라온다. 엄마한테 섭섭한 마음이 벼락 치듯 덮쳐오는데, 어떤 목소리가 나를 달랜다. 외가댁이 도와줄 형편이 안 되니까 그러는 걸 수도 있잖아. 하지만 난 아무것도 이해하고 싶지 않다. 사채씨 말로는 아빠가 항소를 했다고 했다. 혹시 아빠도 나처럼 외가의 원조를 기다리는 건 아닐까. 아니면 그냥 다른 수용자 가족들 말대로 형량을 조금이라도 더 줄이려고 하시는 걸까. 그럼 얼마나 더 그곳에 수감되어 있어야 할까. 사채씨가 끝까지 합의해주지 않으면 진짜 교도소까지 가게 되는 건가. 거기에선 또 얼마나 지내야 할까.

불쌍한 우리 아빠.

사채씨가 내리겠다는 극약 처방은 또 뭘까.

불안한 마음이 멀리서 두두두두 달려오는 거 같다.

★

감금, 싸움의 시작

문이 딸까닥 열리는 소리에 깜짝 놀라 일어난다. 벌써 아침인가. 몇 시지? 전등이 켜지면서 사채씨가 '일어나, 임마!' 하며 퉁명스레 발로 찬다. 정해진 순서처럼 욕이 이어진다.

"시브랄, 늦잠이나 처자고 지랄이야."

세상에서 욕이 가장 잘 어울리는 사람을 고르라고 한다면 난 당연 사채씨를 추천하겠다. 사채씨 손에는 무슨 일인지 드라이버와 열쇠 꾸러미가 들려 있다.

"이거 이렇게 해서 되려나."

사채씨가 문손잡이를 한 손으로 고정시킨 뒤, 손잡이 안쪽을 조심스레 돌린다. 말 잘 듣는 아이처럼 둥근 쇠가 돌돌 돌아가며 풀린다. 사채씨 입에서 하, 하고 짧은 감탄사가 나온다. 이번엔 드라이버로 그 안에 박혀 있는 나사못을 돌려 뭔가를 누르자 손잡이가 싱겁게 분리되어 툭 빠진다. 사채씨의 감탄사가 한 옥타브 더 올라간다. 분해된 문손잡이를 들여다보던 사채씨가 의기양양해진다. 근데 지금 뭐하는 거지? 내 심장이 덜컥 내려앉는다. 거침없이 손잡이의 안팎을 바꿔 조립한 사채씨가 나한테 나가서 문을 잠가보라고 한다.

"뭐해, 새꺄. 잠가보라니까."

언제부턴가 으뜸이라는 이름은 온데간데없고 '새꺄'가 내 이름을 대신하고 있다. 내가 바깥으로 나가는 데 미적거리자, 그런 '새꺄'가 답답했는지 사채씨가 직접 바깥에 나가 문손잡이의 잠금 버튼을 누르고 문을 닫아버린다. 안쪽에 있는 내가 딸각딸각 문을 열어보려 해도 열리지 않는다. 곧 열쇠 돌리는 소리. 내려앉은 심장이 이젠 비명이라도 지르듯 쿵쾅쿵쾅 뛴다. 도대체 뭐하는 거야?

"봤지? 칼자루는 내가 쥐고 있다 이거야. 네 엄마한테 이 꼴을 보여줘야 하는데."

나도 눈치가 백 단이라고 생각했는데 이제야 감이 잡힌다. 전혀 상상도 못 했던 일이다.

"저 도망 안 간다고 했잖아요."

"그래, 너야 아빠 놔두고 안 갈 줄 알아. 너 효자인 거 내가 잘 알거든. 근데 어째? 불행하게도 네 엄마 전화가 보름째 끊

겨서 말이야. 자식하고 계속 연락 안 닿고도 얼마나 견디나 보
자는 거야. 그래, 한번 해보자고."

"그럼, 저 가두는 거예요?"

"걱정 마라. 나 그리 악독한 사람은 아니니까. 아저씨 출근
하는 동안만 그 안에서 지내면 돼. 점심도 넣어줄 거고. 페트
병 하나 넣어줄 테니 급하면 거기에 오줌 싸고 똥은 참았다가
나중에 싸고. 내가 미국 비행기값까지 내줘가면서 돌았냐? 에
이, 재수가 없으려니까."

나는 사채씨의 기세에 다 포기해버린다. 그런데 아빠 면회
는 어떡할까. 아무리 나한테 면회 오지 말라고 했어도 막상 내
가 안 가면 걱정을 많이 할 텐데.

"그럼 우리 아빠한테라도 연락해주세요. 나 당분간 바빠서
못 간다고."

"야, 내가 약 먹었냐? 오냐오냐해주니까 식구들이 단체로
가관이네. 아주 꼴값이야. 넌 지금부터 행불자야, 행불자. 행,
방, 불, 명! 알아들었어?"

갑자기 앞으로의 내 진짜 행방이 막막해진다. 극약인지 독
약인지로 뭘 어쩌겠다는 건지, 사채씨가 내린 처방의 약효를
도대체 짐작할 수가 없다. 그걸로 우리 엄마 마음을 돌릴 수
있을까.

어쩌면 엄마가 기다리는 건 시간일지도 모른다. 아빠의 일

이 저절로 해결될 수 있는 시간. 사채씨 말대로 아빠가 몸으로 때워야 할 시간 말이다. 사채씨가 말했다. 네 엄마는 네 아빠를 아예 교도소에서 몸으로 다 때우게 할 모양이야. 딱 눈 감고 주어지는 형량을 썩고 나오란 거지. 근데 내가 그렇게 놔두질 못하겠어.

하지만 난 사채씨와의 싸움에서 엄마가 이기리란 걸 안다. 엄마가 내 고집을 잘 아는 것처럼 나도 엄마를 잘 알고 있다. 엄마가 외가에 가겠다고 했을 때 아빠를 기다리자고, 멀리 미국 같은 데는 가지 말자고, 나도 무슨 일이든지 해서 돈을 벌겠다고 일주일 내내 졸랐다. 엄마만 허락한다면 정말 그럴 자신이 있었다. 신문 배달도 하고 전단지도 붙이고. 엄마랑 붕어빵 장사를 해도 괜찮고. 텔레비전에서 봤던 것처럼 봉투 접기도 괜찮았다. 엄마는 내 말끝마다 쓸쓸하게 웃었다. 그리고 일주일이 지나자 분명히 말했다. 엄마는 자신이 없어. 주변에 빌린 돈 때문에도 안 돼. 그 사람들 얼굴 절대 못 봐. 아빠 일 다 정리될 때까지 외가에 가 있자. 돈을 벌어도 아는 사람 없는 거기 가서 벌 거야. 얼마 후에는 집도 비워줘야 해. 난 엄마의 단호한 표정을 보고 이미 엄마의 마음이 미국에 가 있다는 걸 깨달았다. 난 엄마가 마음을 돌리길 바라며 팔이 양쪽으로 쭉쭉 자라나는 것 같았던 미친 아저씨에 대해서도 말해봤다. 그러나 엄마는 고개를 저었다. 아빠 그렇게 될 사람이 아냐. 잘 버틸 거야. 엄만 믿어. 그 말을 듣는 순간 내 마음이 딱딱하게 굳는 게 느껴졌다. 아빠가 잘 버틸지, 못 버틸지를 어떻게 알까. 그 아저씨라고 못 버티고 싶었을까. 엄마는 아빠를 믿는 게 아니라 믿고 싶은 걸 믿었다. 아빠가 가족도 없이 혼자 무슨 힘으로 버틸 수 있을까.

어쩌면 엄마와 사채씨의 싸움은 이제 나와의 싸움이 될지도 모른다. 아니 그렇게 될 거다. 내가 굳세게 아빠를 기다리는 수밖에. 아빠가 형을 다 살고 나올 동안 사채씨가 설마 날 죽이려 들진 않을 테니까.

토요일을 부탁해

방 안이 후덥지근하다. 가슴도 답답하고 기분이 영 젬병이다. 벌써 6월이다. 여기서도 시간이 흐르긴 흐른다. 다행이다. 시간마저 이 방에 갇혀 있다면 그건 바로 죽음일 거다. 죽음은 뭘까. 그냥 숨을 쉬지 않는 거? 더 이상 몸이 움직여지지 않는 거? 그럼 갇혀 있는 건? 낮 동안 여기에 갇혀 지낸 지도 일주일이 더 되는 거 같다.

문 앞에는 점심밥과 오줌통으로 쓰는 빈 생수병이 놓여 있다. 점심은 밥과 오이김치, 멸치 볶음, 물 한 컵. 오늘은 줌마씨가 달걀부침을 더 넣어주었다. 근데 입맛이 당기지 않는다.

자꾸만 바지가 흘러내리는 걸 보면 요즘 살이 빠졌나 보다. 오늘 아침도 먹는 둥 마는 둥 했더니 줌마씨가 요즘 더위를 타느냐며 얼굴이 까칠하니 밥이라도 많이 먹으라고 했다. 유경이 나를 힐끗 쳐다봤지만 내가 어떤 처지에 놓여 있는지 눈치를 못 채는 거 같았다. 한 번만이라도 문손잡이를 주의 깊게 보았다면 한눈에 지금 상황을 알 수 있을 텐데, 유경은 이제 이 방에 눈길 한 번 안 주는 걸까. 나한테 관심이 없으면 안 되는데……. 이 집에서 유일한 아군을 잃는다는 건 전쟁터에서 유일한 무기를 잃는 것과 같은데. 유경에게 구조 신호를 보내야 하나.

사채씨는 혹시라도 나를 감금한 걸 유경이 알게 될까 봐 조심하는 눈치다. 평소보다 빨리 돌아와 안방으로 가기 전 내 방 문을 딸깍 열어준다. 나도 아무 일 없었다는 듯 방에서 나온다. 이렇게 내 감금 생활은 차질 없이 계속되고 있다. 나도 당장은 사채씨 심사를 거스를 생각이 없어, 그저 사채씨의 화가 빨리 가라앉기를, 우리 엄마한테 지쳐서 두 손 두 발 다 들고 벌러덩 나자빠져주기를 학수고대할 뿐이다. 그래서 좋은 일 하는 셈치고 아빠의 시간을 같이 기다려주면 고맙겠고, 기왕 선심 써주는 김에 조금만 더 써줘서 당장 아빠를 구치소에서 나오게 해주면 더더욱 감사하겠다. 사채씨가 합의란 걸 해줘서 말이다.

줌마씨가 출근하는 사채씨한테 나를 언제까지 가둬놓을 셈이냐고 쫑알거린다. 역시 줌마씨의 인간성은 괜찮다. 저 달걀

부침을 봐도 그렇고. 내 한숨을 걱정해줄 때부터 알아봤다. 이 집에서 줄서기를 해야 한다면 첫 번째가 유경, 다음이 졸라다. 졸라는 나를 해칠 적군도 아닌 데다 이용하기에 따라 아군이 될 수도 있으니까. 다음은 줌마씨, 그다음은? 사채씨도 인간이 니까 벼룩의 심장만큼이라도 동정심이 있을 거라고 믿고 싶다. 어쨌든 난 지금 사채씨가 주는 밥을 먹고 있으니까. 돈이라면 벌벌거리면서 유경의 과외비로는 아낌없이 쓰는 것만 봐도 아주 냉정한 사람은 아닌 거 같다. 무한 경쟁을 자랑스러운 깃발처럼 내거는 사채씨는 유경에게 엄청난 학원비를 투자한다. 사채씨 말에 따르면 대졸 신입 사원 월급이 유경의 뒤로 들어간다고 했다.

"서방이 이자 무느라 헐레벌떡하는 건 안 보여? 주식도 부동산도 꿈쩍 안 하는데. 쓸 줄만 알지 한 푼 벌지도 못하는 것들이 꼭 착한 척, 잘난 척들 해댄다니까. 남 걱정하지 말고 집안 단속이나 잘해. 한번 꼬꾸라지면 영 끝장난다. 쟤네 집 꼬락서니 봤으면서도 세상살이 이치를 그리 모르겠어? 잡아먹히지 않으려면 눈 시퍼렇게 굴리고 살아도 쉽지 않다고! 오지랖 떨지 말고 서방 일에 협조나 잘해."

"누구한테 잡아먹힌다는 건데?"

"누군 누구야, 돈이지."

흡, 돈이라고? 엄마가 사채씨한테 퍼붓던 저주가 떠오른다.

암만 구멍가게 같은 식당이지만 저도 사업이란 걸 하다 넘어져봤던 사람이, 투기꾼들 심부름하다 운 좋게 돈 좀 벌고 나니까 돈! 돈! 하는데 두고 봐라, 저 사람 결국 돈 때문에 큰일 당하고 말 테니. 난 그날 사채씨가 아빠 공장 앞에서 작은 식당을 했다는 걸 알았다. 유경이 아장아장 걸을 때였다고 했다. 사채씨가 사장님, 사장님, 하며 아빠를 잘 따랐다는 것도, 남의 돈을 빌려 시작했던 식당이 재건축되는 바람에 알거지가 되어 쫓겨났다는 것도, 몇 년 뒤 굉장한 부자가 되어 나타났다는 것도, 다 그때 알았다. 좀 가슴 아픈 얘기도 있었다. 엄마가 실컷 분통을 터뜨리고 나서 한 말이다. 당장 오갈 데 없는 그 사람들 살림살이를 공장 창고에 보관하게 해줬어. 나중에 그 짐을 찾으러 왔는데, 그러니까 부자 되기 전에 말이야. 그 사람 딸 위에 아들이 하나 더 있었거든. 그 아들을 잃었다고 부인이 눈물 바람을 하더라. 폐렴에 걸렸는데 돈이 없어 병원엘 못 갔나봐. 그때부터 좀 이상하긴 했어. 말도 삐딱하게 하고 괜히 말끝마다 빈정거리고. 아들 죽고 돈에 원한이 지긴 했나 본데, 우리가 안 갚는다는 것도 아니고 당장 형편이 안돼서 그러는 건데. 자기들 힘들어할 때 밥도 사주고 교통비도 쥐여주고 했는데. 갑자기 밖에서 줌마씨의 앙칼진 목소리가 들린다.

"당신 정말 미쳤네. 그러다 정말 돈한테 잡아먹히겠다."

"이 여편네가!"

"몰라, 다 지겨워."

아이고, 지겨운 건 나다. 싸우려면 저만치 가서 싸우시든가. 코밑에 남의 아이 가둬놓고 어른들이 뭐하는 짓거리람.

아무리 버티기의 왕자이고 고집통의 명수라지만 무더운 방에서 또 하루를 지낼 생각을 하니 까마득하다. 아빠한테 면회도 가야 하는데. 오늘 유경이 돌아오면 슬쩍 신호를 보내볼까? 어떻게든 이번 주에는 아빠한테 꼭 가야 한다. 그냥 두 눈 딱 감고 구조 요청을 해봐? 마음이 이랬다저랬다 바쁘다.

집 안이 고요하다. 아빠도 구치소 안에서 나만큼 심심하고 느린 시간을 견디고 있겠지? 시간을 빨리 지나가게 하는 방법이 뭐 없을까? 난 배낭을 뒤져 공책과 볼펜을 꺼낸다. 만화라도 그리든지 낙서라도 끼적거리든지 뭐든 해야겠다. 공책을 펼치자 엉뚱한 생각이 떠오른다. 하고 싶은 일들을 적어보면 어떨까. 참 괜찮은 아이디어다!

아빠가 나오면 축하 파티로 피자 먹기(텔레비전에서 본 것처럼 두부 한 모 사드리기)

목동에 있는 우리 아파트랑 공장 찾아드리기

아빠하고 외가댁 놀러 가기

엄마 아빠께 리무진 사드리기

엄마, 아빠, 송이한테 멋진 옷과 음식 대접하기

졸라같이 비싼 개 키우기 (도그 챔피언 대회도 나가기)

공부 잘해서 꼭 성공하기

불쌍한 사람 도와주기

하나하나 쓰다 보니 갑자기 마음이 이상해진다. 외로운 것
도 같고 슬퍼지는 것도 같고. 이러면 안 되는데. 힘을 내자. 아
자, 아자!

할리 데이비슨 오토바이 타기

스킨스쿠버 배워서 바다 탐험하기

백두산 천지의 괴물 보기

북극, 남극 탐험하기

번지점프 하기

에버랜드에 있는 '티익스프레스' 100번 타기

자전거 요기 배우기

이제부터 이 공책을 '비밀의 성'이라고 부르자. 벽돌을 한
장 한 장 쌓아 올리듯 하고 싶은 일들을 꼼꼼하게 채워놓는 거
다. 갑자기 내가 하늘로 붕 떠오르는 거 같다. 상상의 마차를

타고 종횡무진 날아다니는 기분. 지구 둘레 한 바퀴 휙, 지구의 마그마층까지 두두두두, 화성, 목성, 토성으로 휙, 휙, 휙! 생각하는 것만으로도 이렇게 행복해진다는 게 참 신기하다. 벽돌 한 장 더 추가.

긍정적으로 좋은 생각 많이 하기
입맛 없어도 밥 잘 먹고 살 빠지지 말기

　마음을 어떻게 다잡을 새도 없이 현관문과 중문을 거쳐 누군가 곧바로 이 방으로 걸어오는 소리가 들린다.
　"어, 이거 뭐야?"
　웬일로 이 시간에 유경이다. 놀랄 만도 하지. 방문이 벌컥 열린다. 유경의 눈이 졸라의 눈처럼 똥그래진다. 손에는 웬 비닐봉지가 달랑거리고 있다. 난 얼른 오줌통으로 쓰던 페트병을 배낭 뒤로 치운다. 유경이 문손잡이를 앞뒤로 확인하며 소리 지른다.
　"우리 아빠 짓이야?"
　나는 대답하지 않는다. 유경이 쟁반을 보더니 기막히다는 표정을 짓는다.
　"정말 짱 나네. 완존 돌았나 봐."
　유경이 가방을 바닥에 내팽개치고는 비닐봉지에서 아이스

크림콘 하나를 꺼내 내민다. 나는 영문을 몰라 물끄러미 쳐다본다.

"집에서 남자애가 무슨 더위를 먹나 했더니."

주책없이 눈물이 나오려고 한다. 난 눈에 힘을 꽉 주고 반갑지 않은 눈물을 참는다.

"너, 탈출해."

유경이 엉뚱한 소리를 한다.

"엄마한테 가란 말이야. 여기서 나가. 피씨방이나 찜질방에서 기다리면서 데려가라고 해."

"아빠가 나올 때까지 기다릴 거야. 아저씨가 합의만 잘해주면 빨리 나올 수도 있어."

"꿈 깨! 울 아빠 또라이야, 또라이. 이러는 거 보면 몰라?"

"그래도 기다릴래. 네가 모른 척하고 우리 아빠 면회만 가게 해주면 안 돼? 토욜에 아저씨한테 어디 놀러 가자고 조르면 되잖아."

"그거 녹아. 빨리 먹기나 해."

나는 아이스크림콘의 포장을 뜯어 한입 베어 문다. 눈물 젖은 빵이 있다는 말은 들어봤어도 눈물 어린 아이스크림이 있다는 말은 못 들어봤는데 이게 바로 그거 같다. 유경이 전해준 슬픔 담긴 감동이 알알하고 달곰하게 목구멍으로 넘어간다. 고맙다. 꿈에도 생각 못 했는데.

내가 혀끝으로 아이스크림을 맛나게 핥자 유경이 그 모습을 흐뭇하게 바라본다. 내가 자기 동생이라도 되나. 나는 쑥스러운 마음이 들어 슬그머니 등을 돌린다. 유경이 뒤에서 쿡쿡 웃는다. 난 갇혀 지내는 것도 아빠의 면회도 잠시 잊는다. 그래, 난 지금 아이스크림콘 하나에 엄청 행복하다. 유경이 나를 위해 사 온 거라 특별히 더 행복하다. 나는 오랜만에 느끼는 그 행복감을 천천히 오래 핥는다.

마지막으로 콘의 초콜릿 부분을 바삭, 하고 씹는데 유경이 또 도망치라고 재촉한다. 나는 고개를 젓는다.

"너 진짜 바보냐? 너 이런다고 누가 표창장 안 주거든."

웬일, 유경이 갑자기 자기 무릎 사이로 얼굴을 묻는다. 내가 그렇게 불쌍하고 안돼 보이나. 난 아직도 아이스크림콘의 꿈 같은 행복감에 빠져 있는데! 그 달콤함을 단번에 깨우며 유경이 울먹이기까지 한다. 근데 울음 사이사이 뭔가 말하고 있다. 나한테 말하는 건지, 혼자 중얼거리는 건지 알 수가 없어서 나는 가만히 귀를 기울인다.

"엄마가 도망갈까 봐 공부도 열심히 하고, 엄마가 귀찮아하는 설거지도 해주고, 엄마 신발도 반짝반짝 닦아놓았는데……."

유경의 목소리가 잠긴다. 그러나 중얼거림은 계속 이어진다.

"엄마가 아빠 몰래 돈놀이하다 많이 날렸나 봐. 아빠가 맨날

볶아치니까 못 살겠다고 집을 나갔어. 아빠는 잘됐다, 이혼 신청하고. 울 엄마가 원래 배짱이 커. 멋도 졸라 부리고. 졸라 명품광이고. 그거 땜에도 아빠랑 죽어라 싸웠는데…….”

키들키들, 이젠 웃기까지 한다. 유경이 지금 나한테 속마음을 털어놓고 있다. 유경은 사채씨와 자기 엄마가 우리 공장 앞에서 식당을 했다는 걸 알고 있을까. 육개장도 팔고 비빔밥도 팔고 라면도 팔고, 소주나 막걸리도 파는. 자기한테 오빠가 있었다는 건 알까. 아마 다 모를 거다. 사채씨만 보더라도 옛날 기억은 싹 지워버린 사람 같으니까. 악성 코드가 컴퓨터에 치명적 손상을 입히면 새로 포맷해서 쓰듯, 구질구질 상처 난 지난날은 싹 밀어버렸을지도. 본 적은 없지만 어쩐지 유경이 친엄마도 그럴 거 같다. 어른들은 그렇게 살 수도 있는 건가.

“근데 울 아빠, 또 제대로 만났지. 솔직히 울 아빠 돈 빼면 뭐 있냐? 기럭지도 짧은데 애드벌룬같이 불뚝 나온 배는? 줌마는 절대 아빠 돈 보고 온 여자가 아니라고, 엄청 검소하다고 노가리 까더니만 졸라……, 졸라?”

유경이 순간 말을 멈추고 고개를 발딱 든다.

“너 그 개새끼를 졸라라고 부르지? 큭, 졸라 재수 없는 놈한테 졸라 잘 어울리는 이름이네. 줌마가 졸라 새끼한테 쏟아붓는 게 좀 세지? 너도 들었지? 나도 못 가본 미국엘 다 데려가겠다는 거. 완존 어처구니 상실이라니까!”

혼자 울다가 웃다가 하는 유경이 되게 불안해 보인다. 그렇지만 내 마음과 통하는 면도 있는 거 같다. 유경도 줌마씨를 '줌마'라고 부르고 있으니 말이다.

"아빠도 재혼했는데 엄만 그러지 말란 법 있나 하면서도 막상 엄마도 재혼하고 나니까 다 끝장난 느낌이 들어. 울 아빠가 맨날 끝장, 끝장, 하는 그 끝장이 뭔지 알 거 같아. 희망이 완존 사라진단 뜻이야. 울 엄마 아빠는 나 같은 건 아무 상관도 없나 봐. 그럴 수 있는 게 신기하기만 해."

이럴 땐 뭐라고 말해야 할지 모르겠다. 너희 엄마도 많이 생각하고 결정했을 거라고 해야 하나? 그런 말이 위로가 될까? 오히려 화만 돋울 거 같다. 유경이 얼굴을 쓱쓱 문지르며 언제 울었느냐는 듯 날 똑바로 쳐다본다.

"야, 너 여기서 쪼다 짓 그만해."

씩씩한 건 좋은데 또 헛소리다.

"그냥 토욜에 우리 아빠만 보게 도와줘."

"너 잘 생각해야 한다니까. 어른들도 은근 이기적인 거, 너 모르지?"

가슴이 뜨끔, 한다. 순간 엄마의 얼굴이 떠올라 나도 모르게 고개를 젓고 있다.

"솔직히 너희 아빠 감옥에서 나와도 별 볼 일 없잖아. 힘들게 뻔해. 나중에 자기도 힘들다고 너 귀찮아하고 부담스러워하면 어떡할래? 너 외가댁에서 사는 게 훨씬 낫지 않아? 너희 엄마가 우리 엄마처럼 재혼한 것도 아니고. 그냥 눈 딱 감고 가. 너 돈 있어? 없지?"

난 입을 다문다. 아무리 유경이라고 해도 극비 사항은 함부로 발설하는 게 아니다. 엄마도 몇 번이나 당부했다. 무슨 일이 있어도 돈에 대해선 말하지 말라고. 근데, 못된 계집애. 아이스크림콘 하나 주고 잘도 지껄인다. 우리 아빠가 별 볼 일 없을지, 별 많이 보고 진짜 스타가 될지 네가 어떻게 알아? 난 불쌍한 우리 아빠 혼자 두고 절대 떠날 수 없거든. 그리고 감옥, 감옥, 하는데 아직 감옥 아니고 구치소거든. 감옥과 구치소도 구별 못 하는 주제에 진짜 까불고 있다. 또 우리 아빠하고 엄마는 헤어진 것도 아니거든. 아빠 일만 잘 해결되고 나면 바로 합칠 거니까. 멍청한 계집애, 하나 알지도 못하면서.

"내가 줄게."

또 영뚱한 소리다. 당장 나한테 필요한 건 어린애 푼돈이 아니라 토요일의 자유 시간이라는데 내 말을 끝까지 못 알아먹는다.

"여길 떠나는 거야."

유경이 이번엔 자신에게 다짐하듯 말한다. 머리가 띵, 해온다. 얘는 대체 왜 이러는 거야? 암만 넓은 아량으로 봐주려고 해도 철딱서니 없는 애들은 잘 나가다가 꼭 티를 낸다. 확 짜증이 난다. 유경은 자신이 괴롭고 마음이 아프다고 난리 치지만 진짜 불행이 뭔지 쥐뿔이나 알까. 잃은 것보다는 갖고 있는 게 훨씬 많은 애가 알 턱이 없다. 마음이 씁쓸하다. 네까짓 게 내 맘을 알겠냐. 정말 뭘 모르는 모양인데 유경아, 난 네가 느꼈던 '끝장난 느낌'을 우리 아빠한테 느끼게 하고 싶지 않아서 이러는 거야. 아빠에게서 희망을 빼앗기 싫어서 이러는 거라고!

물론 오늘 유경의 아이스크림콘은 감동이고 압권이었다. 철없는 건 철없는 거고, 고마운 건 고마운 거다.

땡큐, 유경!

나는 속으로 감사를 보낸다. 그리고 기도하듯 간절하게 유경의 마음을 향해 토요일을 부탁한다. 아빠를 부탁하는 거겠지만. 텔레파시가 강력하게 통하기를 바라면서. 이번 주 토요일까지 사흘이 남았다. 그동안 더 졸라봐야지.

★

슬픈 돈, 뜨거운 신음

잠이 깨자마자 중요한 경기를 앞둔 선수처럼 마구 긴장되고 떨린다. 유경이 마침내 토요일의 거사를 약속해주었다. 오늘이 바로 그날이다! 유경도 신 나는 날이 될 거다. 사채씨와 줌마씨의 관심을 돌리기 위해 약간의 수고만 감수하면 말이다. 에버랜드에 가면 그 웅장한 티익스프레스도 타겠지? 세계에서 가장 무서운, 스릴감 최고의 롤러코스터란 말을 들었는데 아직 타보지는 못했다. 유경도 안 타봤다고 하길래 적극 추천해줬다.

사채씨와 줌마씨도 벌써 일어났는지 유경을 깨우는 소리가 들린다. 곧 내 방문을 두들기는 소리. 나는 네, 하며 급히 뛰어나간다. 사채씨가 내 반응에 눈이 휘둥그레지며 한마디 한다.

"넌 안 가, 인마!"

어쩐 일로 새꺄 대신 인마다. 새꺄보다는 훨씬 부드럽게 들린다. 나는 알고 있다고 상냥하게 대답한다.

"근데 어째 네가 바쁜 거 같다."

사채씨의 목소리가 어쩐 일인지 한 옥타브 누그러져 있다. 나는 당황해서 우물쭈물 대답한다.

"아뇨. 아저씨 일찍 나가시는데 신경 안 쓰게 해드리려고요."

"새끼, 눈치 하난 빨라서. 네 엄마 아빠가 너만큼만 똑똑했으면 네가 이런 고생은 안 할 텐데. 너도 부모 잘못 만나 안됐다. 그래, 아침 먹기 전에 얼른 준비해."

개뿔, 웬일로 새끼란 말이 등장 안 한다 했더니! 거기에 한술 더 떠 나를 생각해주는 척하면서 아침부터 열받게 우리 엄마 아빠 무시하는 발언을 서슴없이 내뱉는다. 사채씨나 잘하세요. 나는 속으로 대거리하며 유경이 나오기 전에 베란다에서 오줌통을 챙겨다 놓는다. 사채씨가 바라는 행동이고, 눈치 빠른 내가 알아서 하는 행동이다. 스스로 갇힐 준비가 되어 있으니 나에 대한 경계심을 푸세요, 하는 의미. 하나 더, 유경이 전혀 눈치 못 채게 스스로 조심하고 있으니 염려 놓으세요, 하는. 암만해도 내가 사채씨한테 좋은 건 못 배우는 게 확실하다. 아니면 내 두뇌가 환경에 적응하느라 굉장한 속도로 진화하는 중이거나. 나는 갈수록 영리해진다. 나는 이런 내가 아주 마음에 든다.

세수를 끝내자 줌마씨가 부엌에서 쟁반을 들어 보이며 서두르라는 눈짓을 한다. 점심 챙겨놓을 테니 유경이 보기 전에 얼른 방에 들여놓으라는 신호다. 분위기 때문이 아니더라도, 내 마음은 덩달아 급해진다. 어질러져 있는 거실을 날아다니듯 후딱 정리하고, 사채씨가 싸놓은 가방들을 들고 가기 좋게 중문 밖에 차곡차곡 옮겨놓는다. 졸라 방석도 창문 바깥에서 먼지 탁탁 털어 얌전히 깔아놓고. 그러는 동안 유경이 나와서 씻고 자기 방으로 들어간다. 눈길이라도 한 번 마주치고 싶은데 일부러 냉랭하게 구는 건지 자기도 긴장돼서 그러는 건지, 굳은 표정으로 그냥 스친다.

유경이 이따 실수 없이 잘해줘야 할 텐데. 사채씨가 먼저 주차장에 내려갈까? 아니면 한꺼번에 같이 나가자고 할까? 짐이 많아서 그럴지도 모른다. 두 어른 중 누군가는 내 방문을 잠글 것이고. 아마 줌마씨일 확률이 높겠지? 아님 사채씨가 직접? 그럼 유경은 언제 올까? 머릿속에 회오리바람이 일어나는 거 같다.

유경이 마지막으로 현관을 나서면서 등 뒤로 내게 브이를 만들어 보인다. 준비가 다 되었다는 뜻이다. '기다려, 곧 온다.' 난 경쾌하게 안녕히 다녀오세요, 인사한다. 사채씨가 문 밖에서 뭐 저런 게 다 있나, 하는 표정을 지으며 줌마씨와 유경을 재촉한다. 줌마씨 품에 안겨 있던 졸라도 빨리 가자고 끙끙 조른다.

나는 사채씨나 줌마씨가 돌아와 문을 잠그기 전에 스스로 잠금 버튼을 누르고 방으로 들어간다. 잠시 후 급히 현관문 여는 소리가 들린다. 누군가 중문을 거쳐 방문 앞에서 멈칫하는 거 같더니 그냥 가나 했는데, 문짝 가까이 대고 으뜸아, 다녀올게, 한다. 줌마씨다. 내가 방 안에서 네, 안녕히 다녀오세요, 대답하는데 기분이 이상하다. 가슴 밑바닥에서 뭔가 뭉클 솟아오르는데 그 정체를 모르겠다. 쓸쓸함인가. 슬픔인가. 난 이런 기분이 진짜 싫은데, 허락도 없이 제멋대로 내 마음속으로 들어오고 있다. 그때 졸라가 캉캉 짖는다. 촐리도 오빠 다녀올게, 하고 인사하는 거야? 그래, 오빠 재미있게 놀다 올게 해. 졸라가 다시 캉캉 짖는다. 우리 촐리, 말도 잘 듣네. 줌마씨의 목소리가 멀어진다.

줌마씨가 다녀가고 내 신경은 현관문에 쏠려 있다. 드디어 삐릭삐릭, 키 번호 누르는 소리가 들린다.

이번엔 유경이겠지?

방문이 벌컥 열린다. 역시 유경이다. 눈도 마주칠 새 없이 유경이 자기 방으로 뛰어 들어가 모자를 꺼내 들고 이거 핑계

댔지룽, 하며 나한테 파이팅을 외친다. 나도 엉겁결에 파이팅을 따라 외친다. 유경이 신발을 신으며 '늦장 부리지 마. 글고 너 이불 밑에 봐. 진짜 파이팅이야, 꼭 내 말 들어.' 하고는 현관을 뛰쳐나간다.

"고마워, 유경아."

근데 이불 밑에 뭐가 있단 거지? 간식이라도 빼놨나? 감쪽같이 언제 갖다 놓았지? 나도 모르게 이히히, 웃음이 터져 나온다. 역시 유경인 센스 만점이다. 근데 먹는 걸 이불 밑에 넣으면 어떻게 해. 잘 나가다 꼭 맹추 같은 짓을 하는 게 유경의 전매특허다. 웃음이 또 나온다. 이번 웃음은 유경이 귀여워서 나오는 거다. 어떨 때는 누나 같고 어떨 때는 여동생 같은 유경이 갈수록 싫지가 않다. 아니 신기하게도 갈수록 좋아진다. 여동생 같은 느낌도 미국에 간 송이하곤 완전 다르다. 진짜 여동생 송이는 양보해주고 보살펴주는 오빠만 원하는데 유경은 아니다. 예쁘고 귀여우면서도 든든하고 고맙다. 사채씨가 태어나서 제일 잘한 일이 있다면 유경을 세상에 나오게 한 일이다. 뭐, 낳기야 유경이 친엄마가 낳았지만. 유경이 사채씨의 딸인 게 유감이다. 자꾸만 웃음이 터져 나온다.

이불을 휙 걷어낸다. 근데 아무것도 없다. 어디에 있단 거야? 이불을 들썩이다 속았다는 생각에 열불이 확 뻗치려고 하는데 발치 쪽에 웬 돈이 보인다. 얼마인지는 모르지만 꽤 많다. 그 옆에는 급히 내갈긴 쪽지도 있다.

'으뜸아, 꼭 도망가. 안 그러면 너 정말 우리 아빠한테 큰일 나. 알았지? 꼭이야.'

이게 뭐야? 계집애! 이 집에서 기어이 나를 내몰려고 작정했다. 그럼, 이건 도피 자금인 걸까? 갑자기 텔레비전에 나오는 범죄자가 된 기분이다. 됐거든. 사양할 거거든. 음료수하고 과자나 좀 주고 갈 일이지. 에이, 좋다가 말았다. 멍청이, 쪼다! 그렇게 내 말을 못 알아먹나. 우리 아빠를 언제까지고 기다리겠다는데. 그리고 사채씨의 넓은 아량도 한번 기다려볼 거라는데. 도망갈 마음이 전혀 없다는데…….

나는 이불을 치우고 흩어진 만 원짜리를 하나도 빠뜨리지 않고 모은다. 이십만 원쯤은 되는 거 같다. 능력 좋게 제법 많이도 구했다. 설마 훔친 건 아니겠지? 유경이 아무리 당돌해도 그렇게까지 깡이 있으려고. 어쩌면 우리 엄마가 떠나면서 나한테 돈을 준 것처럼 유경이 엄마도 유경이한테 많이 쥐여줬을 수도 있다. 미안하고 섭섭하고 걱정되는 마음을 대신해서 주는 그런 거. 어쨌거나 보관했다가 고스란히 돌려주면 된다. 정말 못 말린다. 아까 예쁘고 어쩌고 했던 건 다 취소다. 그래도 고마운 건 고마운 거니까. 그건 잊으면 안 된다. 나는 돈뭉치를 반으로 접어 배낭 옆구리 그물망에 끼워놓는다.

오랜만에 집 밖에 나가려니까 소풍을 가는 거 같다. 유경이

자식, 과자 좀 빼놓고 가지. 음료수도 그렇게 많았는데. 미련이
영 사라지지 않는다. 침도 꼴깍 넘어간다. 그러고 보니 과자 먹
어본 지가 오래다. 멍청이. 시키지 않은 엉뚱한 짓만 하고.

　개봉역에 내리자 꼭 비가 올 것처럼 하늘이 어두워진다. 설
마 비가 내리진 않겠지? 혹시 사채씨가 서둘러 돌아오게 되면?
생각만으로도 끔찍하다. 걸음이 빨라진다.
　구치소다. 나는 면회 신청을 하고 영치금도 접수하고 오랫
동안 못 왔으니 영치품도 챙긴다. 요구르트, 맛김, 오징어땅콩
과자. 난 이걸 고를 때 가장 신 난다. 오징어땅콩은 내가 먹고
싶어서 골랐다. 물론 아빠가 먹어도 괜찮다. 분명 사채씨가 오
늘 잔뜩 싸 들고 간 과자들은 다 먹지 못하고 가져올 게 뻔하
다. 유경이가 알아서 나눠주겠지. 내가 너무 뻔뻔해진 걸까?
공짜 좋아하면 대머리가 된다고 했는데.
　전엔 면회 온 가족들이 모두 쭈뼛쭈뼛 겁먹은 거 같고 주눅
들어 보였는데 이젠 그렇게 느껴지지 않는다. 무덤덤하게 앉
아 차례를 기다리는 아저씨, 독서에 열중해 있는 형, 휴대폰으
로 오락 프로를 보며 키들거리는 누나, 여기가 구치소라는 걸
잊은 거 같다. 에어컨도 잘 나와, 땀에 젖은 등이 시원하게 식
어 기분도 상쾌하다. 내가 구치소와 이렇게까지 친해질 줄은

정말 몰랐다. 아빠를 기다리는 시간이 즐겁기만 하다.

접견실 창문 안쪽의 열린 문으로 황색 옷을 입은 수감자들이 줄줄이 지나간다. 자기 접견실을 찾아가는 거 같다. 아빠도 곧 우리 접견실로 들어온다. 난 마이크에 가까이 대고 아빠, 하고 부른다. 아빠가 활짝 웃으며 의자에 앉는다. 난 손가락으로 브이를 만들어 흔들어 보인다.

"어디 아팠어? 얼굴이 왜 핼쑥해?"

"배탈 났어."

"그래서 아빠 보러 못 온 거야?"

"거봐, 나 기다렸지?"

"걱정돼서 그렇지. 그러니까 아빠 걱정 안 하게 엄마한테 가라니까."

10분은 짧은 시간이다. 유경이와 내가 합동 작전을 펴 겨우 만들어놓은 시간인데 아빠와 옥신각신하며 보낼 순 없다. 내가 씩씩하게 잘 지내고 있다는 것과 아빠가 나올 날만 손꼽아 기다리고 있다는 걸 믿게 해야 한다. 그래야 아빠 마음에 희망의 불이 꺼지지 않을 테니까. 그 힘으로 아빠는 아빠 자신을 이겨낼 테니까. 내가 사채씨 집에서 버티는 이유도 그 때문이니까. 마지막에 웃는 자가 진짜 웃는 자라고 했다. 월드컵 축구 해설하는 아저씨가 잘 쓰는 말이다. 어디 운동 경기만 그럴까. 우리 아빠도 마지막엔 웃을 수 있다. 크게 입 벌리고 거침없이, 와하하!

어둡고, 기운 빠지고, 두려운 터널 같은 이 시간만 잘 통과하면 사채씨네 아파트 공원에서처럼 밝은 햇빛과 지저귀는 새와 살랑거리는 나뭇잎들을 꼭 만나게 될 거다. 난 아빠와 함께할 그날을 믿는다.

"아빠, 나 내일 에버랜드 가. 티익스프레스 꼭 타볼 거야. 왜, 옛날에 아빠한테 타고 싶다고 졸랐던 거 말이야. 아빠 기억도 안 나지? 아저씨가 유경이 혼자 심심하다고 나도 데리고 간대."

"그래?"

아빠 얼굴이 환해진다.

"그거 타봤다고 유경이한테 뻥쳤거든. 내일 뽀록나지 말아야 하는데. 많이 무서울까?"

"신 나게, 재밌게 즐기겠다고만 생각해. 옛말에도 도깨비는 쳐다볼수록 더 커 보인다는 말이 있어. 무서워하면 더 무서워진단 뜻이야. 안전 수칙 잘 지키고. 그나저나 고맙구나. 아빠가 감사해 한다고 전해드려."

난 고개만 끄덕인다. 그러겠다는 대답까지는 못하겠다. 사채씨를 천사로 만들어준 것도 약이 올라 죽겠는데.

"그리고 으뜸아, 아빠 말 잘 들어. 아저씨한테 긴한 부탁이 있어. 한 달 뒤쯤 아빠 두 번째 재판이 있거든. 그때를 이심이라 하는데 아저씨가 도와주면 나가서 빨리 갚겠다고. 한 번만 더 투자하는 셈 치고 꼭 도와달라고. 이 말 전할 수 있겠어?"

"나도 알아. 돌아오는 재판엔 아빠 믿고 꼭 합의해달란 뜻이 잖아."

아빠의 눈이 동그래진다. 나는 어깨를 으쓱하고 고개를 돌리고 만다. 아빠의 말은 얼마든지 전할 수 있지만, 사채씨가 합의금 없이 잘도 들어주겠다는 생각이 들어 기운이 쭉 빠진다. 아빠가 냉정한 사채씨를 모를 턱이 없는데 얼마나 마음이 급하고 답답하면 저런 말을 나한테 다 할까 싶다. 차라리 우리 가족을 피하는 부자 친척한테 매달려보거나, 있는지 없는지 모르는 하나님께 기도를 해보는 게 훨씬 나을 거다. 불쌍한 우리 아빠.

"아빤 얼마든지 재기할 수 있어. 우리 회사 가공 기술, 업계 에서는 다 최고로 인정해. 아빠 이렇게 된 거 안타까워하는 사람들도 많고. 그러니까 주위에서도 많이 도와줄 거란 말이지. 아빤 정말이지 자신 있어. 나가기만 하면 우리 으뜸이 위해서 라도 죽어라 해볼 거야. 아들한테 이런 심부름까지 시켜서 미안해."

"아빠, 미안하단 말 절대 하지 말라고 했지! 아빤 최고잖아!"

아빠가 나한테 미안해하는 게 정말 싫다. 무지 화가 난다. 저절로 씩씩거리게 된다.

"알았어, 알았어. 참, 돈 넣지 말라고 했잖아. 진짜 말 되게 안 듣네. 돈 넣지 마. 물건도 넣지 말고. 네가 넣은 돈 아빠가 통장 만들어서 꼬박꼬박 도로 다 넣어놓았으니까 찾아서 써. 신분증하고 도장만 있으면 돼. 도장 없으면 목도장 하나 파. 너한테 무슨 돈이 있다고."

"엄마가 많이 주고 갔다고 했잖아."

"너 용돈 쓰란 말이야. 학교에서 필요한 거 사라고. 만일 계속 넣으면 아빠 너 안 볼 거야. 아예 면회 거절할 거라고."

눈물이 왈칵 나는데 접견 시간이 끝났음을 알리는 벨이 울린다. 2, 3분밖에 안 된 거 같은데 벌써 10분이 지났다. 화가 나서 죽겠다. 뭐 이런 아빠가 다 있을까. 나는 벌떡 일어나 돌아선다. 아빠한테는 인사도 하기 싫다.

"으뜸아!"

나는 돌아보지 않는다. 눈물 때문에 돌아볼 수도 없고 화가 나고 아빠가 미워서도 돌아보지 않는다. 나는 저벅저벅 접견실을 나간다. 아빠가 등 뒤에서 부르는 소리가 들리지만 끝까지 돌아보지 않는다. 눈물이 이젠 펑펑 쏟아진다. 쏟아지거나 말거나 그냥 내버려둔다. 닦고 싶지도 않다. 실컷 쏟아지고 나면 언젠가 멈추겠지. 내 마음을 이렇게 몰라주는 아빠가 정말 밉다. 내가 아빠의 희망이라고 할 때는 언제고……. 그 희망이 등대처럼 불을 밝히겠다는데, 아빠가 일어설 자신감에 힘을 보태겠다는데. 혼자보단 둘이 더 낫잖아! 하나밖에 없는 아들과는 친구처럼 잘 지내고 싶다며? 완전 다 거짓부렁이야. 입에서 쉴 새 없이 원망이 튀어나온다.

터덜터덜 집으로 돌아와 번호 키를 누르는데 안에서 졸라가 캉캉 짖는다. 어, 어떻게 된 거지? 심장이 무섭게 쾅당쾅당 뛴다. 왜 이렇게 빨리 왔지? 어떻게 할까. 이젠 어떻게 하지? 번호를 다 누르지도 못하고 쾅당거리는 가슴만 붙잡고 서 있는데 안에서 문이 벌컥 열린다. 사채씨다. 그 뒤로 유경이 놀란 눈으로 뛰어오고 줌마씨가 달려온다. 사채씨가 내 머리채를 잡아끌더니 현관문이 닫히자마자 요런 쥐새끼 같은 놈, 하면서 무조건 패기 시작한다. 잘못했다고 빌어도 소용없고 유경이 울고불고 말려도 소용없다. 살이 찢겨 나가고 뼈가 부러지는지 온몸이 살려달라고 비명을 지른다. 나도 모르게 현관문 쪽으로 엉금엉금 기고 있다.

"아빠! 경찰에 신고할 거야!"

사채씨가 이놈의 계집애, 어디 신고해보라며 이번엔 유경한테 달려든다. 유경이 악을 쓰며 제 방으로 내뺀다. 그 틈을 타 현관문을 열려는 찰나 사채씨가 뒷덜미를 와락 움켜쥔다. 손아귀에서 빠져나가려고 발버둥을 쳐보지만 어느새 질질 끌려가 거실 바닥에 내팽개쳐진다. 윽! 이마가 깨졌는지 고통이 온 몸을 훑는다. 몽롱한 중에도 어떻게든 일어나려고 두 손을 짚 는데 뿌연 눈앞에 내 배낭이 있다. 은행 ATM기 영수증 한 무 더기도 그 옆에 나뒹굴고, 유경의 돈도 그 옆에 흩어져 있다. 나도 모르게 신음이, 뜨거운 신음이 터져 나온다.

"세상에, 세상에! 지갑 열어 보고 얼마나 놀랐는지. 너 정말 왜 그러니? 너무하는 거 아니니? 은혜를 원수로 갚아도 유분수 지, 응?"

"요 도둑놈의 종자 새끼! 쪼끄만 게 벌써부터 어미 아비를 고대로 배워? 그동안 몰래몰래 얼마나 해먹었어?"

"난 돈 안 훔쳤어요."

"계속 내 지갑에서 솔솔 빼간 거 아니니?"

줌마씨 말에 사채씨가 고함을 지른다.

"그러니까 지갑 간수 잘하랬지? 아무 데나 굴리더니 잘하는 짓거리다."

그때, 유경이 방에서 튀어나온다.

"그거 내가 빼 갔다는데 왜들 안 믿어요? 내가 빼서 으뜸이 준 거라고! 미국 가라고 한 거라고! 하나도 안 쓰고 그대로 있 는 거만 봐도 알잖아!"

"시끄러! 네 말 못 믿겠어. 그럼 이 영수증들은 뭐야? 하이 고, 카드까지? 세련되고 통도 크시네. 이건 뭐냐고?"

사채씨의 발길질이 날아온다. 한 방에 나가떨어진 난 머리통을 싸안으며 악을 쓴다.

"그건 우리 엄마가 나 쓰라고 만들어주고 간 거예요!"

"그 말 고대로 믿는다 치고, 한 푼도 없다 징징 짜서 모녀 비행기 표까지 끊어줬는데, 아들한테는 카드까지 만들어줬다? 그러잖아도 여기저기 꼬라박아 열통 터져 죽겠는데! 어쨌거나 이건 내 돈이야. 우리 지갑에서 훔쳤든 진짜로 네 엄마가 줬든. 그래, 얼마나 있나 보자. 카드 내놔."

나는 죽는 한이 있어도 내놓고 싶지 않다. 사채씨가 내 호주머니를 뒤지기 시작한다. 아무리 발버둥 쳐봤자 내 힘으론 사채씨를 이길 수가 없다. 기어이 지갑을 빼앗기고 카드도 그의 손에 넘어간다.

"비밀번호 뭐야?"

나는 입을 앙다문다.

"말 안 해? 이게 덜 맞았나."

발길질이 또 시작된다. 버둥버둥 피해보지만 사채씨 발이 더 빠르다.

"아빠, 진짜 신고할 거야!"

"너까지 진짜 열받게 할래? 썅, 들어가!"

다시 발길질이 이어진다. 유경이 울면서 나를 감싸 안는다. 난 최대한 웅크려 사채씨의 독살난 발길을 피한다.

"이 시브랄 놈아! 비밀번호 대지 못해!"

줌마씨가 옆에서 더 맞지 말고 빨리 아저씨한테 비밀번호를 가르쳐주라며 윽박지른다. 절대 입은 열지 않겠다고 버티는데 문득 사채씨가 이심 재판 때 아빠한테 더 나쁘게 하면 어쩌나 하는 걱정이 번개처럼 스친다. 법이 어떻게 되는 건지는 잘 모르지만, 마음만 먹는다면 사채씨는 얼마든지 그러고도 남을 사람이다. 두려움이, 벼락같은 두려움이 달려든다. 난 그만 엄마의 돈을 포기하기로 한다. 내 입에서 천천히 비밀번호가 나간다. 숫자와 함께 엉엉 큰 울음도 쏟아진다.

순 악질분자 사채씨, 지옥에나 떨어져라!

★

나도 두려워

몸과 마음에 든 시퍼런 멍을 들여다보며 이를 가는 동안 비가 끊임없이 내렸다. 며칠이 지났는지는 정확히 모르겠다. 그동안 팔뚝과 허벅지의 검푸른 멍이 보라색으로, 녹색으로, 누런색으로 바뀌었다. 사채씨한테 맞고 나서 몸도 많이 아팠지만 아무것도 생각하고 싶지 않고, 배도 고프지 않아, 온종일 누워 멍하게 빗소리만 들었다.

그동안 유령이 되었던 거 같다. 나 스스로 나를 잊어버렸고 이 집안사람들도 나를 잊어버렸다. 내가 생각하기에 그렇다는 얘기다. 유경이가 몇 번 다녀간 거 같긴 하지만 나한테는 없는 사람들이나 마찬가지였다. 내 마음은 여기 있지 않았으니까. 빗소리를 들은 건 오직 내 몸뚱이뿐이었으니까.

꿈인 듯 상상인 듯 수많은 장면들이 머릿속에서 겹쳐졌다 나뉘고 이어졌다가 끊어지면서, 나는 시간과 장소를 넘어 쉴 새 없이 돌아다녔다.

　녹색 앞치마를 두르고 교통 지도를 하던 엄마를 만나고, 걸핏하면 내 교실로 또르르 달려오던 송이를 달래고, 자전거를 가르쳐주던 아빠와의 파리 공원 분수대, 그리고 도봉산. 회사 문 닫기 얼마 전 아빠는 나만 데리고 도봉산에 갔다. 등산로 입구에서 어묵을 먹고 김밥을 사고 음료수를 고르고, 아빠는 막걸리를 산다. 산을 오르는 동안 아빠는 말이 없다. 아빠의 한숨이 앞장서고 아빠의 희망이 뒤를 쫓고. 내 손을 잡아주는 아빠의 손이 축축하고 차갑다. 그리고 친구들, 공원에서의 농구 게임, 안양천에서의 롤러스케이트 시합, 선생님, 학원, 회장 선거, 아빠의 차, 엄마의 차, 목동의 우리 아파트, 손꼽아 기다리던 외가댁 방문, 9·11 테러 현장인 '그라운드 제로'를 보여주던 외삼촌. 기억은 송이가 태어난 날까지 거슬러 올라간다. 외할머니와 엄마가 병원으로 떠나고, 외숙모와 외가에 남겨진 나는 종일 엄마 잠옷을 목에 걸고 돌아다니며 엄마 냄새를 맡는다. 근데 엄마의 냄새가 기억나지 않는다. 엄마, 하고 부르는 그 동글동글하고 부드러운 혀의 굴림 속에 엄마의 냄새가 숨어 있을 거 같기도 한데, 아무리 콧구멍을 벌렁거려보아도 콧속으로 들어오는 건 오랫동안 사용하지 않은 물건들의

곰팡내뿐이다. 순간 깨달은 건 '그렇지, 여긴 사채씨 집이지'
라는 생생한 현실이다. 그때 순간이동이라도 했는지 접견실
쇠창살 너머에 있는 아빠가 안타깝게 날 부르는 소리가 들린
다. 내가 천천히 뒤를 돌아보는데, 잠이 까무룩 쏟아진다.

누군가 어깨를 흔든다. 내게 이 집에서 도망치라고 채근했
던 유경이다. 그날 유경이의 말을 들었다면 어땠을까. 아빠는?
아빠의 영치금 때문에 울었던 게 생각난다. 못난, 바보 같은
아빠. 다 소용없는 얘기다. 이제 난 빈털터리니까. 면회는 앞
으로 어떻게 하나. 아빠의 이심 재판은 어떻게 되나.

내가 엄마한테 가면 아빠 정말 괜찮을까. 씩씩하게 견디실
까. 그럼 우린 언제 만나지? 텔레비전에서 봤던 이산가족처럼
어느 순간 서로 연락이 끊기게 되면? 그건 안 된다. 역시 아빠
옆엔 내가 있어야 해. 엄마가 나를 포기하진 않을 테니까.

……정신을 차려야 하는데.

……이렇게 계속 잠만 자다가는 죽을 수도 있는데.

죽을 때 죽더라도 이 집에서 죽기는 싫다.

으뜸아, 하고 유경이 부른다. 나는 살며시 눈을 뜬다. 유경
의 눈이 반갑게 반짝인다.

"괜찮아?"

나는 고개를 끄덕인다.

"너 이러고 있는 거 일주일도 넘었어. 밥도 잘 안 먹고. 너

배 안 고파?"

나는 또 고개를 끄덕인다.

"미안해. 괜한 짓 해서."

나는 억지로 웃는다. 내가 웃는 거 말고 뭘 할 수 있을까. 화를 낼 기운도 없다. 아니 화를 낼 수가 없다. 이 집에서 유일한 아군인 유경에게 화를 내면 난 너무 외로워서 죽어버릴 거다. 유경이가 철이 없는 건 어쩔 수 없다. 완벽하게 다 좋을 수는 없는 법이니까. 유경이 잠깐만 기다리라며 급히 방을 나간다. 다시 잠이 까무룩 쏟아진다.

"으뜸아, 일어나. 상가에서 죽 사 왔어."

유경이 나를 일으키며 물컵을 내민다. 손이 떨려 컵을 쥘 수가 없다. 아기한테 먹이듯 유경이 컵을 기울여준다. 죽도 떠먹여준다. 나는 말 잘 듣는 아이처럼 순순히 받아먹는다. 죽은 고소하고 따뜻하고 부드럽게 헛바닥을 달래고, 목구멍을 달래고 식도를 거쳐 위장을 달랜다. 가슴께로 따뜻한 느낌이 퍼진다. 몇 숟갈 받아먹자 이마와 목과 가슴에 땀이 방울방울 솟아난다. 유경이 숟가락을 내려놓고 거실에서 휴지를 가져와 땀을 닦아준다. 유경에게서 기분 좋고 편안한 냄새가 난다. 맛으로 표현하면 달콤한 맛이다. 혹시 엄마 냄새가 이랬나. 나는 코를 크게 벌룩거려본다.

"나 같으면 엄마한테 가겠다."

"못 가. 아빠 때문에."

"너 정말 바보냐? 이제 어쩔 건데?"

그만 눕고 싶다. 내가 누우려는 몸짓을 하자 유경이 나를 도와주며 이따 또 먹어, 한다. 나는 바깥이 신경 쓰여서 집에 아무도 없냐고 묻는다.

"응, 요즘 난리야."

"나 때문이지? 혼 많이 났어?"

"헹! 그래봤자. 내가 개무시하고 나가는데 어쩔 거야. 근데 그게 아니라 졸라 땜에 둘이 박살 나기 일보 직전."

"왜?"

"아빠가 어디에 좋은 포메라니안이 있단 소릴 들었나 봐. 졸라를 임신시키자고 해서. 클럽에 데리러 갔다가 대판 붙었는지 들어오자마자 대회 연습하는 거 다 부숴버렸어. 한바탕하는 소리 못 들었어? 하긴 두들겨 맞은 다음날인데 뭔 정신이 있었겠냐."

아무 소리도 듣지 못했다. 내 마음이 이 집에 없었는데 어찌 들을 수 있겠나. 아무튼 나 때문이 아니라니 다행이다.

"아줌마가 속상해했겠네."

"그 정도가 아니라니까. 줌마, 가방 싸 들고 졸라랑 나가버렸어. 자린고비하고는 더는 못 살겠다, 으뜸이한테 하는 걸 봐도 그렇고 도저히 이해 안 가는 이상한 사람이다, 그러던데. 내가 뭐랬어, 울 아빠 또라이라고 했잖아. 그것도 왕또라이. 처음에는 나갈 테면 나가보라고 소리 지르더니 그날로 데리러 가더라. 울 아빠 진짜로 줌마 좋아하긴 하나 봐. 근데 엿 한번 먹어보라는 건지, 진짜 지겨운 건지 줌마는 여기 절대 안 온대. 지금 쫓아가서 싹싹 빌고 있어. 어젯밤 통화하는 거 들으니까 오늘 오빠란 사람 꼬드겨서 같이 가는 거 같던데 이번엔 성공하려나. 울 아빠 정성에 나도 놀랐다니까. 울 엄마한텐 그렇게 얼음장처럼 냉정하게 굴더니 졸라 웃기고 어이없어."

유경은 무슨 생각이 떠올랐는지 말을 멈추고 나를 똑바로 쳐다본다.

"너 정말, 정말, 너희 엄마한테 안 갈 거야?"

나는 대답하기 귀찮아 고개를 끄덕인다.

"그럼 너희 아빠 빨리 나오는 게 제일로 중요한 거네."

말하면 뭐하나. 나는 유경의 고집스러운 눈길을 피한다.

"솔직히 말해봐. 너희 엄마 한국에 올 생각 조금도 없지?"

나는 대답하지 않는다. 엄마 얘기는 하기 싫고, 유경이가 엄마 얘기를 하는 것도 싫다.

"좋은 생각이 있어. 너 언제까지 이렇게 잡혀 있을 순 없잖아. 학교도 가야 하고, 너희 아빠가 빨리 나와야 돈도 벌 거고."

또 어떤 엉뚱한 짓을 하려고 이 철없는 애가 이럴까. 난 힘들게 일어나 앉는다. 유경이 한숨을 폭 쉬며, 죽 더 먹을래? 하고 묻는다. 난 별로 당기지 않지만 그러겠다고 대답한다. 학교, 아빠, 그런 말을 듣자 억지로라도 먹어야겠다는 생각도 들고, 유경이 또 무슨 괴상한 아이디어를 낸 건지, 왜 자기가 한숨을 쉬는지 슬며시 걱정이 되기도 해서다. 유경이 또 떠먹여주려는 걸 사양하고 내 손으로 꾸역꾸역 먹는다. 밤고구마라도 삼키는 것처럼 목이 메어 잘 넘어가지 않는다. 가슴을 두들기자 유경이 물을 따라준다. 문득 유경에 대해 궁금해진다. 얘는 왜 나한테 잘해줄까. 나는 유경을 낯선 사람처럼 쳐다보며 묻는다.

"너 이러는 거 너희 아빠가 싫어서야?"

유경이 뚫어지게 쏘아보다 팩 내뱉는다.

"몰라."

"엄마랑 이혼해서?"

"그래! 근데 넌 왜 그딴 걸 물어보는데?"

"아냐, 그냥."

"넌 울 아빠 이해돼? 이혼한 것도 좋고 재혼한 것도 다 좋아. 하고 싶은 대로 실컷 하고 살라고 해. 울 엄마처럼 쌩까지 않고 키워주는 것만 해도 고맙지, 고마워. 나도 알아. 근데 너 우리 집에 데리고……, '데리고' 좋아하시네. 끌고 온 거 보고 난 처음으로 아빠가, 울 아빠가 아니었으면 좋겠다고 생각했어. 엄마가 떠난 게 조금은 이해되더라고. 아빠 정상이 아냐. 쪽팔려 죽겠어. 너한테 미안하고."

내가 유경한테 더 미안한 마음이 든다. 사채씨가 미안해야 하는 걸 왜 내가 미안한지 모르겠지만. 유경이 쪽팔려 하는 사채씨는 내 돈을 깡그리 찾았겠지? 내가 줌마씨 지갑에서 돈을 훔치지 않았다는 건 믿을까? 그때 유경이 단호하게 말한다.

"우리, 졸라를 납치하자."

"뭐?"

"졸라가 오면 납치해서, 너희 아빠 빼달라고 울 아빠랑 협상하자고. 한번 생각해봐. 아빠가 줌마를 진짜로 좋아하는 건 분명하잖아. 줌마는 졸라가 미칠 만큼 소중하고. 만일 졸라가 없어진다, 울 아빠 돌아버리는 거야. 눈앞에 돈 아른거리지, 줌마 미치는 거 보면 가슴이 찢어져서 환장할 거 아냐. 안 그러겠어?"

난 들고 있던 죽 그릇을 떨어뜨린다. 손발이 벌벌 떨리고 속이 울렁울렁하고 먹은 걸 다 토할 거 같다. 얘가 지금 무슨 소릴 하나. 정상이 아닌 건 사채씨가 아니라 눈앞에서 헛소리를 하는 유경이다. 그런데 왜 이렇게 가슴 벅찬 흥분이 쓰나미처럼 밀려오지? 나는 유경이가 두렵고, 나 자신도 두렵다.

"오늘은 꼭 졸라를 데려와야 하는데. 줌마가 제발 와줘야 하는데."

　유경이 자기 무릎을 꼭 끌어안으며 눈을 커다랗게 뜬다.

★

드디어, 납치

줌마씨는 사채씨를 거느리고 여왕마마처럼 당당히 돌아왔다. 친정 오빠까지 나서고도 일주일이 더 지난 뒤였다. 물론 줌마씨 품에는 졸라가 공주님처럼 우아하게 안겨 있었다. 줌마씨의 가방을 들고 들어오는 사채씨는 쳐다보기가 미안할 정도로 폭삭 늙어 보였다.

장맛비가 반짝 그치던 날 결국 나는 유경에게 설득당했다. 당했다고? 이렇게 말하는 건 책임을 회피하는 비겁한 행동이다. 솔직히 유경의 좋은 아이디어에 못 이기는 척 동조했다는 게 맞을 거다. 하지만 그 동조 뒤에는 '설득'도 조금 있었고, '당했다'는 의미도 조금 있었다고 변명하고 싶다. 우리가 하려는 일이 좋지 않은 일이란 걸 알고 있기 때문이다. 그런데도 슬그머니 동조했던 건, 그럴 수밖에 없는 합당한 이유가 있었고 유혹을 물리칠 수 없어서였다. 감금죄에다 카드를 강제로 빼앗은 강도죄에 대한 응징이고, 심한 폭력에 대한 앙갚음이고, 아동학대를 경찰에 신고하지 않은 대가이고…… 아빠 면회도 못 간다면야 죽기 아니면 까무러치기라는 오기도 발동했다. 그리고 내가 여기에 계속 있으면, 유경은 자기 아빠가 너무너무 싫어져서 머리가 돌아버릴 거라고 납치를 강력히 요구했다.

남은 문제는 기회와 방법이다.

우선 졸라의 밥과 간식을 확보해놓기로 계획을 세우자 유경이 발 빠르게 졸라의 먹을거리를 잘 챙겨 나른다. 줌마씨는 도그쇼를 준비하느라 사료와 간식이 없어지는 줄도 모르는 거 같다. 사채씨로부터 뉴욕 대회까지 보장받아 요즘 줌마씨의 행복 지수는 만점이다. 국내 챔피언을 따야 한다는 조건이 있었지만, 그거야 당연히 졸라 차지일 게 분명하다. 대신 뉴욕 대회만 끝나면 결과에 관계없이 졸라에게 짝을 만들어주겠다고 줌마씨도 약속했다.

내 두려움은 온통 졸라한테로 쏠린다. 졸라의 심신 안정을 위해 줌마씨가 밤에도 졸라를 데리고 거실 소파에서 잠을 자는 까닭이다. 우리는 눈앞에 닥친 난관을 어떻게 뚫어야 할지 몰라 속만 태운다. 줌마씨를 독차지해야 직성이 풀리는 사채씨 역시 졸라한테 줌마씨의 품을 양보하느라 죽을 맛인 거 같다.

아빠의 이심 날짜가 다가오고 있을 텐데.

하루라도 빨리 사채씨와 협상에 들어가야 하는데.

원래부터 이럴 작정으로 이 집에 들어오기라도 한 것처럼 마음이 두근두근 급해진다.

견디다 못한 사채씨가 오늘 저녁은 아예 줌마씨 꽁무니를 졸졸 따라다닌다. 설거지 서비스는 식사의 기본 메뉴라도 되듯 잽싸게 해치우고 참외까지 매끈하게 깎아 바친다. 날도둑처럼 생긴 사채씨가 갑자기 순한 양이 돼 있다. 완전 주인님 앞에 머리 조아린 하인 꼴이다. 줌마씨의 웃음소리가 깔깔깔깔 거실을 날아다닌다. 웃음에도 색깔이 있다면 분명 줌마씨의 웃음은 형광색을 띠고 있을 거다. 빨강, 파랑, 보라의 형광색들이 마구 소용돌이친다. 졸라가 줌마씨 주위를 팔짝팔짝 뛰며 눈치 없이 황홀한 빛 무리를 흩뜨린다. 거실은 온통 형광가루들로 어지럽다.

건너편에 앉은 유경이 입을 삐죽하며 식탁 밑에서 내 다리를 발끝으로 툭툭 찬다. 줌마씨의 형광빛 웃음이 내 몸에도 달라붙는지 털들이 파르르 떨린다. 유경이 오른손 엄지와 검지를 동그랗게 오므려 식탁 위를 톡톡 친다. 저건 준비하라는 신호다. 사채씨와 줌마씨의 분위기가 평소 같지 않다는 걸 유경도 파악한 눈치다. 저 약빠르고 예쁜 여우. 오늘은 분명 사채씨가 졸라한테 줌마씨를 양보하지 않을 기세다. 줌마씨 역시 사채씨의 애정을 사양할 눈치가 아니다. 긴장으로 심장이 오그라들며 탄탄해진다. 숨도 가빠진다. 유경이 눈짓한다. 난 고개를 끄덕인다.

애국가 가사처럼 하느님이 보우하사 사채씨의 서비스가 아직 끝나지 않았다. 거실 탁자에 술상이 차려진다. 두 사람은 텔레비전을 보며 맥주를 마시기 시작한다. 줌마씨는 계속 형광빛 웃음을 쏟아내고 졸라는 구운 오징어를 쫓아 사채씨 입에서 줌마씨 입으로 또록또록 눈알을 굴리느라 정신이 없다. 나는 식탁에 앉아 침착하게 시간을 지킨다. 그 사이 유경이 까치걸음으로 내 배낭을 현관 밖, 우리가 미리 약속해둔 지하 주차장 으슥한 곳에 가져다 놓는다. 영악한 유경은 출입문 입구의 CCTV를 피하기 위해 커다란 우산을 들고 나가는 치밀함까지 보인다. 계획에 다 있던 거다. 난 그 우산을 이용하기로 했다. 우리는 그 검은 우산 안에 모든 것을 감쪽같이 숨길 거다. 계단으로 내려가 출입구를 재빨리 빠져나가면 모든 것은 일단락된다. 오후부터 다시 장맛비가 내리고 있어 더더욱 의심을 살 일이 없다. 역시 '하느님이 보우하사'다.

사채씨와 줌마씨는 텔레비전에 취하고, 웃음에 취하고, 간지럼과 맥주에 취해 유경의 비밀스러운 움직임을 전혀 알아차리지 못한다. 졸라 역시 유경과 나한테는 조금의 관심도 없다. 오직 먹을 것에만 눈을 고정하고 주인님의 넓은 아량에 호소하는 중이다. 지금 자기 앞날이 어떻게 변하고 있는지도 모르는 고마운 녀석.

사채씨가 줌마씨를 안방으로 잡아끌고 줌마씨가 발그레하게 앙살을 부리며 사채씨한테서 팔을 뺀다. 우리 촐리 어떡하라고, 코맹맹이가 된 줌마씨가 멀쩡히 있는 졸라를 껴안으며 소파에서 버틴다. 가슴이 덜컥한다. 원하지 않는 상황이다. 촐리 재워놓고, 줌마씨가 소파에 드러누우며 사채씨한테 잠깐 기다리라고 말한다. 사채씨가 알았다며 양순한 태도로 나간다. 저러다 그냥 잠들어버리면 어떡하지? 주섬주섬 술상을 치우던 사채씨가 그제야 식탁에 앉아 있는 나를 발견한다.

"야, 너 거기서 뭐해? 저거 웃기는 놈이네. 들어가, 새꺄!"

"당신, 그러지 않기로 했잖아."

"어유, 네가 상전이냐, 내가 상전이냐?"

사채씨가 설거짓거리를 양손에 든 채 다가오며 나를 윽박지른다.

"걔도 불쌍한 애야."

"에이 시브랄, 정말 못 해먹겠네. 이거나 받아, 인마."

나는 사채씨한테서 맥주병과 컵을 받아 든다. 병은 베란다 재활용 통에, 컵과 쟁반은 깨끗이 씻어 식기 건조대에 엎어놓는다. 이 집에서 하는 마지막 설거지가 될 거다. 사채씨가 안방으로 들어가나 했더니 다행히 줌마씨 곁에 앉아 줌마씨를 쓰다듬고 꼬집고 주무른다. 난 그들을 외면하고 줌마씨의 키득거리는 소리를 들으며 방으로 철수한다. 등 뒤로 거실 등 끄는 소리가 들린다.

나는 방문을 빠끔히 열어놓고 거실의 동태를 살핀다. 건너편 유경의 방문 역시 빠끔하게 열려 있다. 저 어둠 안에서 유경도 눈을 하얗게 밝히고 있을 거다. 5분? 10분? 두 사람이 조심조심 안방으로 들어가는 소리가 들린다. 나는 숨을 죽인다. 안방 문 닫히는 소리. 우리는 약속한 대로 속으로 이백을 센다. 유경이 먼저 방문을 연다. 나도 살그머니 방문을 열고 나간다. 그와 동시에 졸라가 소파에서 뛰어내려 안방 쪽으로 조르르 달려간다. 유경이 내달려 졸라를 냉큼 안아 자기 방으로 잽싸게 들어간다. 나도 얼떨결에 유경을 쫓아 유경의 방으로 쏙 뛰어든다. 그때 안방 문이 열리며 누군가 거실을 내다보는 거 같다. 유경이 졸라의 입을 틀어막는다. 팽팽한 침묵을 깨고 다시 방문 닫히는 소리가 들린다. 이번엔 딸깍, 문이 잠기는 소리도 따라 들린다. 나와 유경이 긴 숨을 내뱉는다.

"우리 백만 세고 나가자."

나는 어둠 속에서 고개를 힘차게 끄덕인다. 졸라가 나한테 오고 유경이 언제 빼두었는지 졸라의 목줄을 뭉뚱그려 내 손에 건넨다. 줌마씨가 며칠 동안 공들여 알록달록한 끈을 만들고 목을 매는 부분에 빨간 영문자를 수놓은 거다.

'VIVACHOLY(비바촐리)'

'촐리 만세'라는 뜻이라고 줌마씨가 자랑했다.

'VIVACHOLY VIVACHOLY VIVACHOLY'

졸라의 챔피언 우승을 위한 구호가 빈틈없이 빼곡하다. 졸라가 이번 대회에 참가할 수 있을지 없을지, 아빠의 재판이 이심에서 끝나게 될지 어떨지는 오로지 사채씨의 선택에 달려 있다.

졸라는 영문도 모르고 내 품에 안겨 신 나게 꼬리를 친다. 졸라의 꼬리털이 얼굴에 닿을 때마다 희망과 두려움이 서로 이빨을 드러내며 으르렁거린다.

막상 거리로 나오자 어디로 갈지 막막해진다. 거친 숨은 가라앉지 않고 목젖 근처에서 쌕쌕 나를 위협한다. 목구멍이 달아오르는 거 같고 이마와 목덜미에서는 땀이 줄줄 흘러내린다. 배낭을 멘 등짝도 벌써 축축하다. 뉴스에 나오는 강력범들은 범죄를 저지를 때 어떤 마음일까. 온몸이 땀으로 범벅이지만 이상하게 냉기가 흐른다. 땀이 아니라 누군가 머리꼭지에서 찬물을 조금씩 흘리는 거 같다. 나는 먼저 사채씨의 아파트에서 멀어지자고 생각한다. 지하철을 타야지. 성큼성큼 빗속으로 나간다. 우선 아빠가 있는 곳으로 가자. 그곳에 도착한 다음 어떻게 할 건지는 그때 생각하기로 하자. 내가 거기 말고 또 어디에 갈 수 있을까. 다른 데는 가고 싶지도 않다.

아빠의 회사가 망하면서 친척들은 우리가 몹쓸 전염병에라도 걸린 것처럼 우리 가족을 피했다. 갑자기 누군가 아기를 낳아 LA로 떠났다고 했고, 건강상 꼭 요양이 필요해서 시골로 내려갔다고 했다. 엄마가 혹 두 개를 등에 짊어지고 우쭉우쭉 그들의 집으로 들어갈까 봐. 나는 그런 말을 들을 때마다 사하라 사막이나 고비 사막을 횡단하는 지치고 목마른 쌍봉낙타를 떠올렸다. 오아시스의 물 냄새를 맡고 마지막 힘을 다해 발걸음을 내딛는. 그런데 가도 가도 오아시스는커녕 신기루도 보이지 않는. 낙타가 맡은 물 냄새는 진짜였을까 환상이었을까. 엄마가 친척들한테 바란 건 도대체 뭐였을까.

비를 싫어하는 졸라가 내 겨드랑이에 파고들며 코를 박는다. 나는 녀석이 축축한 기운을 덜 느끼게 우산으로 몸통을 바짝 가려준다. 감기에라도 걸리면 안 되지. 난 졸라가 대회에 나가기 전에 컨디션이 나빠지는 걸 원하지 않는다. 사채씨와 협상이 제대로 이루어져 아빠가 빨리 구치소에서 풀려나고, 졸라도 미국 챔피언까지 먹고, 멋진 견공과 짝짓기 해서 예쁜 새끼를 많이 낳길 바란다. 사채씨의 입이 쩍 벌어질 걸 생각하면 약이 좀 오르긴 하지만, 아빠만 나오게 된다면야 용서 못 할 게 없다. 새끼를 더 많이 낳으라고 빌어줄 수도 있다.

국제금융로로 들어선다. 비에 젖은 은행과 증권사 건물들이 사채씨가 세워놓은 보초병이라도 되는 듯 나를 내려다보고 있다. 난 재빠르게 그곳을 벗어난다. 졸라한테도 직감이라는 게 있는지 고개를 들어 내 어깨 너머로 멀어지는 길을 오래 바라본다. 난 졸라의 머리를 겨드랑이 밑으로 눌러 넣는다.

"미안하지만 우리 아빠를 위해서 조금만 참아줘."

지금 몇 시나 되었을까. 설마 전철이 끊기긴 않았겠지?

무거운 배낭을 짊어지고 오른손엔 커다란 우산을 들고 또 왼손엔 졸라를 안고 허겁지겁 밤길을 달린다. 얼굴에서 김이 무럭무럭 나는 거 같다. 그래도 장대비가 아니라서 다행이다. 나름 준비를 철저히 했는데 시계 건전지가 다 된 걸 깜빡했다. 유경이한테 부탁해도 됐을 텐데. 엄마도 그건 미처 신경 쓰지 못했다. 아빠 회사가 어려워지고 휴대폰을 정지시켰을 때부터 차고 다닌 전자시계인데, 한 번도 건전지를 교체한 기억이 없다. 멈췄을 때 바로 바꿔놓을걸. 에이 빙충이, 밥통.

다행히 아직 지하철이 운행되고 있다. 나는 일회용 교통카드를 뽑기 위해 자동판매기로 달려간다. 모니터가 지시하는 대로 목적지와 매수를 차례로 선택하면서, 사채씨에게 빼앗긴 체크카드가 교통카드 겸용이었던 게 떠올라 화가 솟구친다.

졸라를 데리고 나오면서 겁먹었던 마음이 순식간에 사라진다. 유경도 나한테 너무 겁먹지 말고 당당하게 버티라고 했다. 돈을 챙겨주면서도 이번엔 훔친 게 아니니까 걱정하지 말라고 했다. 많지 않다고 했지만 십만 원이 넘었다. 졸라가 없어진 걸 알면 아빠와 줌마 눈이 튀어나올 거라고, 금방 너희 아빠한테 합의하자고 나설 테니 조금만 참으라고도 했다.

유경이 어떻게 그런 악질한테서 태어났는지 모르겠다. 유경의 DNA가 사채씨에게서 물려받은 유전자로는 살고 싶지 않다고 반란을 일으킨 걸까. 후천적 돌연변이 같은 거 말이다. 그렇지 않고서야 유경을 사채씨하고 연결시킬 수가 없다. 그건 과학적으로 불가능한 일이라고 누가 딴죽을 걸어도 할 수 없다.

자동판매기 모니터에 운임금과 보증금인 천사백 원을 넣으라는 메시지가 뜬다. 나는 왼쪽 바지 주머니에서 천 원짜리 두 장을 꺼내 지폐 투입구에 넣는다. 꼼꼼쟁이 유경이가 오만 원은 배낭 안주머니에, 만 원은 오른쪽 바지 주머니에, 팔천 원은 왼쪽 바지 주머니에, 신발 깔창 아래에는 이만 원씩 나눠 넣게 했다. 나쁜 애들한테 삥 뜯기는 걸 예방하는 거라고 해서 고분고분 시키는 대로 했다. 사실, 가슴과 팔뚝에 소름이 돋아 딴생각은 나지도 않았다. 오직 긴장과 경계를 공기처럼 들이마셨을 뿐이다.

★

살려 주세요

1호선으로 갈아타기 위해 신길역에서 내리자마자 또 달린다. 등에는 무거운 배낭을 지고, 왼손엔 졸라를 안고, 오른손엔 커다란 우산을 들고, 헐레벌떡 헐레벌떡.

전동차 문이 닫히기 직전 뛰어들었는데, 전철 안은 만원이다. 술 냄새와 땀 냄새도 초만원이다. 난 사람들 틈을 파고들며 붙잡을 만한 데를 찾는다. 길은 쉽게 열리지 않고, 졸라는 바둥거리며 자기를 잘 챙기라는 듯 끙끙대고, 우산과 배낭은 여기저기 걸리고 부딪친다. 졸라가 걱정돼서라도 서둘러 길을 뚫어야겠다. 졸라는 아까부터 분홍빛 혓바닥을 반쯤 내밀고는 죽겠다고 헉헉대고 있다. 공기가 탁해서 그러는 건지, 불안해서 그러는 건지 알 수가 없다. 그런 졸라를 보니 나까지 가슴이 더

콩닥거린다. 난 우산을 앞으로 쳐들고 조심조심 나아간다.

"어, 이거 봐라. 야, 우산 안 치워?"

뚱뚱한 아저씨가 내 우산을 탁, 치며 소리 지르자 졸라가 으르렁, 위협한다. 얼른 졸라 머리를 겨드랑이 밑으로 처넣는다. 하지만 녀석은 다시 발딱 고개를 빼고 흰 이빨을 드러낸다. 스트레스를 많이 받은 거 같다. 이런 복잡한 지하철은 타본 적이 없으니 놀라서 경계심을 품기도 할 거다.

"이 자식, 큰 우산을 그따위로 쳐드는 게 어디 있어? 또 이런 싸가지 없는 개새끼까지, 너 전철에 이딴 거 데리고 타면 안 되는 거 몰라?"

얼굴이 벌겋고 험상궂다. 술 냄새도 팍팍 풍긴다. 죄송하다고 사죄해도 아저씨는 계속 눈을 부라리며 졸라를 한 대 칠 기세다.

"배낭에라도 넣지."

옆에 서 있던 누나가 아저씨와 나, 졸라를 번갈아 보다 안타까운 듯 한마디 한다. 주변 사람들은 창밖을 보듯 무관심하다. 다 귀찮은 표정이다. 개를 배낭에 넣다니, 난 생각도 못 한 일이다. 졸라는 배낭에 들어가려고 하지 않을 거 같다. 칠천만 원짜리 공주님인데……. 누가 탐낼까 봐 대놓고 말은 못 하지만.

"너, 전철 못 타게 신고해버린다."

"아이, 아저씨가 그냥 한 번만 봐주세요. 어린애라 잘 몰랐나 봐요."

"예쁜 아가씨가 봐주라니 내가 참아줘야지. 그래도 우산은
치워라!"

나는 군인 아저씨들의 '받들어총 자세'처럼 재빨리 우산을
가슴 앞에 세운다. 아까 그 누나가 나를 자기 가까이로 끌어당
겨 아저씨와 나 사이를 비집고 선다.

"늦었는데 어디까지 가?"

"개봉역이요. 고맙습니다."

"이건 구로가 종착역이야. 인천행은 좀 전에 끊겼어."

갑자기 머리가 띵해온다. 급하게 타느라 행선지를 제대로
보지 않은 탓이다.

"신도림에서 내려서 버스 타. 일번 출구였나, 디큐브시티 쪽
으로 나가서 길 건너면 그쪽으로 가는 버스가 있을 거야. 그리
고 강아지는 몰래 데리고 타야 해. 까다로운 기사 아저씨들은
안 태워줘. 누나도 시츄 한 마리 키우거든. 얜 되게 예쁘네. 검
정색 포메는 드문데. 정말 예쁘게 생겼다. 암컷이니?"

난 고개를 끄덕인다. 역시 착한 사람은 보석을 알아본다. 졸
라도 적이 아니라고 판단했는지 누나가 머리를 만져도 얌전하
다. 계속 혓바닥을 내밀고 헉헉거리기는 하지만.

"얘 이름이 뭐야?"

"촐리요."

난 차마 졸라라고 말하지 못한다. 공식 이름은 촐리니까. 물론 난 졸라가 더 익숙하고 좋다. 이젠 얄미워서도 아니고 괘씸해서도 아니다. 졸라와 나만의 특별한 친근함이라고 해야 하나, 아무튼 둘 사이에 우정 비슷한 게 생겨났다. 유경이도 이번 일만 끝내고 나면 나와 똑같은 마음이 될 거라고 믿는다. 동료라고 해도 좋고, 동지라고 해도 좋고, 고마움이라고 해도 좋은 마음 말이다. 그리고 나면 유경은 옛날이야기의 결말처럼 졸라와 행복하게 오래오래 잘 살 거다.

"이름도 예쁘네, 촐리. 얘, 배낭에다 넣고 지퍼를 조금만 열어서 머리만 살짝 내밀게 해. 그리고 가방을 앞으로 메. 엄마들이 아기 안는 것처럼 말이야. 버스에 오를 땐 손으로 촐리 머리를 살짝 가려. 알았지? 얘, 벌써 신도림이다. 얼른 내려."

나는 인사를 하고 허둥지둥 전철을 내린다.

난 보증금 환급기를 찾아 일회용 교통카드를 보증금 오백원으로 바꾼다. 그리고 조금 전 누나의 말대로 배낭에 틈을 만들어 졸라를 들어앉힌 뒤 머리를 나오게 해서 앞으로 멘다. 졸라와 얼굴을 마주볼 수 있어서 훨씬 안심이 된다. 졸라의 눈과 내 눈이 마주친다. 졸라의 똥글똥글한 검은 눈이 빛난다.

"졸라야, 괜찮아? 미안해. 우리 조금만 여행하자. 신 나는 모험을 떠난다고 생각하는 거야."

아기를 달래듯 쓰다듬으며 어르자 졸라가 안도감이 드는지 헉헉거리는 게 좀 줄어든다. 아, 이래서 엄마들이 아기를 앞으로 해서 안는구나. 졸라한테 더 미안해진다. 전광판 시계를 보니 12시 19분이다. 12시가 넘었네. 나도 모르게 소리 내어 혼잣말을 하고 있다. 먼 곳에서 두려움이 달려든다. 가슴 한가운데가 먹먹하다.

신도림역은 한창 공사 중이다. 이곳저곳이 패널로 막혀, 행인들은 돌아가야 한다. 나는 그것들을 피해 1번 출구로 나간다. 계단을 중간쯤 올라가자 바깥엔 아까보다 빗줄기가 더 거세져 있다. 갑자기 마음이 움찔한다. 문득 오늘 밤은 역 안에서 지내면 어떨까 하는 생각이 든다. 왜, 노숙자들은 밤에 지하도나 지하철역에서 잠을 잔다고들 하지 않나. 어차피 갈 곳이 정해진 것도 아닌데, 가봐야 찜질방은 졸라 때문에 안 되고 남은 곳은 PC방뿐인데……. 한밤중에 있을 곳을 찾아다니는 것보다 밝을 때 정하는 게 훨씬 나을 거 같다. 유경은 급할 때가 아니면 되도록 휴대폰은 사용하지 말고 이메일로 연락을 하자고 했다.

발걸음을 돌려 다시 역구내로 들어간다. 구석진 곳을 찾아봐야지. 역 안에 이렇게 많은 시설들이 있는지 몰랐다. 지나다니면서도 깨닫지 못했던 거다. 교통카드 발급기는 물론이고

ATM기, 공기 정화기, 그것 말고도 공중전화, 가게, 화장실, 역무실, 물품 보관함, 즉석 사진 찍는 곳, 별의별 게 다 있다. 서울 지하철 경찰대 신도림 출장소 앞을 지날 때는 숨을 죽이고 걸음을 빨리한다.

알맞은 장소를 발견했다. 사진 촬영기와 ATM기 사이, 어깨 높이만큼 감긴 굵은 전선 더미가 두 개 있었다. 그 뒤로 틈이 넓게 있어서 어른이라도 쏙 들어갈 수 있을 것처럼 보인다. 횡재한 기분이 든다. 갑자기 행복해져서 나도 모르게 입꼬리가 올라간다. 그래, 오늘 밤은 여기서 지내자. 아니 매일 밤 지내도 좋겠다. 히힛, 기어이 웃음이 터진다. 적어도 일주일만 고생하면, 어쩌면 당장 내일이라도 사채씨가 항복할지 모른다. 그럼 멋진 승부사처럼 협상을 해야지. '우리 아빠와 합의했다는 서류를 제출하고 그 증명서를 갖고 오세요. 아, 우리 아빠를 풀어달라고 부탁하는 서류도 같이 내세요. 그때 졸라를 내드리겠습니다.' 내 목소리는 의젓하고 힘 있고 자신에 넘칠 거다. 생각만 해도 가슴이 뿌듯하다. 문득 졸라의 목줄이 생각나 배낭에서 찾아 꺼낸다. 끈은 다시 집어넣고 목줄만 녀석한테 둘러준다. 빨간색으로 새겨진 'VIVACHOLY'가 졸라의 목에서 환하고 희망적으로 빛난다. 졸라 만세! 졸라를 응원하고 나를 응원한다.

배낭을 판판하게 고른 뒤 몸을 기대고 전선 더미 사이에 몸을 웅크린다. 졸라를 품에 안으니 포근하고 따뜻하다. 졸라도 안정을 되찾아 얌전하게 품에 안긴다. 피곤하고 힘들었던 하루가 오늘 마지막으로 선로를 달려가는 전철의 꽁무니에 매달려 덜커덩덜커덩, 멀어져간다. 대신 잠이 까물까물 달려든다.

누가 머리를 톡톡 치고 있다. 눈을 떠보니 우산 끝이 눈앞에서 왔다 갔다 한다. 일어나 앉는데 모자부터 온통 시커먼 남자가 눈을 부릅뜨고 내려다본다. 얼굴이 꾀죄죄하고 옷 전체에 땟국이 흐르는 게 틀림없이 노숙자다. 가슴이 덜컥, 한다.

"나와."

착 가라앉은 목소리가 오싹하다. 졸라도 꼬리를 내리고 겨드랑이로 파고든다.

"나오라고."

부릅뜬 눈알이 튀어나올 것처럼 희번덕인다. 난 배낭을 집어 들고 냉큼 자리를 비워준다.

"얼쩡대지 마."

네, 하고 그 앞을 지나는데 악취와 술 냄새가 코를 찌른다. 난 가슴이 방망이질 치는 걸 애써 누르며 후닥닥 그곳을 피한다. 텔레비전이나 먼발치에서 노숙자를 본 적은 있지만 이렇게 코앞에서 대하는 건 처음이다. 아빠 나이쯤 된 거 같다. 역시 아빠를 떠나지 않길 잘했다. 우리 아빠는 절대 저렇게 될 리가 없지만……. 그래도, 그래도 말이다. 난 이를 앙다문다. 졸라를 꽉 껴안는다. 잘될 거다. 잘돼야 한다, 무조건.

눈에 잘 안 띄는 좋은 자리는 이미 노숙자들 차지라는 걸 알고, 차라리 밝은 곳에 앉아서 밤을 새우기로 한다. 그래, 저쪽에 만남의 광장이 있다. 또 그 앞을 지나가긴 싫지만, 지하철 경찰대를 끼고 오른쪽으로 돌아 의자와 탁자들이 군데군데 놓인 광장으로 나간다. 전광판의 시계는 1시 20분을 나타내고 있다. 시간이 많이 지난 줄 알았는데, 오늘 따라 느리게 가는 시간이 야속하다.

'TECHNO MART'

파란색 네온사인을 이마와 옆구리에 붙인 광장은 백화점과 분위기가 비슷하다. 로마의 신들과 다양한 색깔로 빛나는 분수, 그리고 보물선과 후크 선장. 예전에는 엄마를 따라 많이 돌아다녀봤다. 여기에는 영화관도 있다. 이젠 그 기억이 진짜였는지 꿈이었는지 아리송하다. 난 구석에 있는 탁자에 자리를 잡는다. 배낭에서 수건을 꺼내 졸라 자리도 만들어준다. 졸라는 공주니까. 딱딱한 곳에 앉으면 안 되니까. 난 멍하게 있다가 '비밀의 성' 노트를 꺼낸다.

아빠랑 테크노마트 오기(아까 노숙자 자리도 아빠랑 당당하

게 들여다보기)

줄라한테 맛있는 거 사주기 (통조림, 육포)

유경이한테 예쁜 선물 사주기 (갖고 싶은 거 물어볼 것)

앞쪽에 적어놓았던 것들을 읽고 있는데, 어디선가 호루라기 소리가 들린다. 저쪽에서 역무원 두 명이 빨간 전자봉을 흔들며 나한테 나가라고 손짓한다. 여기 있으면 안 되는 건가. 난 배낭을 챙긴다. 어떻게 할까. 가슴이 두근거린다. 행인들도 서둘러 역사를 빠져나간다. 그냥 버스를 탈걸 그랬다. 어린애 혼자 여기서 뭐하느냐고 물어오면 어떡하나 걱정하는데, 역무원들은 다른 사람들을 재촉하느라 나한테 신경 쓸 틈이 없다. 난 안도하며 1번 출구 쪽으로 바쁘게 걸어간다.

다시 전선 더미 옆을 지나가다, 노숙자가 왜 그 자리를 탐냈는지 깨달았다. 역시 인간은 적응을 잘하는 동물인가 보다. 신도림역에 겨우 한 시간 있었는데 이제 이곳 사정을 다 알 거 같다. 그렇다면 바깥 밤거리도 그렇게 겁먹을 필요는 없지 않을까. 혹시 무서워하는 마음 때문에 더 무섭게 느끼는 건 아닐까. 아빠도 이렇게 말했다. 도깨비는 쳐다볼수록 더 커 보인다고. 도깨비, 아니 유령이라도 괜찮다. 쳐다보지 말고 2단 옆차기로 팍 내지르기. 힘내자! 아자, 아자!

난 흘깃 전선 더미 안쪽을 들여다본다. 남자는 벌써 곯아떨어진 거 같다. 난 남자를 향해 쥐어박는 시늉을 한다. 어른이면서 먼저 차지한 사람이 임자라는 것도 모르나? 돈 내고 빌린 자리도 아니고, 이름표를 붙여놓은 것도 아니면서. 미리 침 발라놓았다면 무슨 표시라도 있어야 하는 거 아닌가? 휙 돌아서는데 뒤쪽에서 '거기 뭐야?' 하는 소리가 들린다. 돌아보니 역무원들이다. 나는 화들짝 놀라 걸음을 빨리한다.

"햐, 이런 델 다 숨어드네. 어이, 아저씨 그만 철수하세요. 이제 셔터 내릴 시간이에요. 빨리 나오세요."

난 범죄 현장을 피하는 범인처럼 그 자리에서 도망친다.

바깥은 여전히 비가 내리고 있다. 장맛비가 이렇게 끈질긴 줄은 몰랐다. 유경과 이번 일을 모의하면서 날씨에도 관심을 갖게 되었다. 아마 난 열네 살의 장마를 평생 기억할 거다. 졸라를 앞으로 안고 우산을 편다. 자동 우산이 텅, 하고 펴지는 소리에 졸라가 깜짝 놀란다. 난 졸라를 다독이고 빗속으로 나간다. 계단 벽면에는 디큐브시티를 광고하는 현수막이 도배되어 있다. 아직 완공되기 전이라 주변이 어수선하다. 막 도로로 올라서는데 우산 안으로 누가 불쑥 들어온다. 희미한 불빛만으로도, 자리를 빼앗았던 노숙자라는 걸 단번에 알았다. 이를 어쩌지? 우산을 같이 쓰자는 건가? 어디까지? 덜컥 무서운 마음이 들어 남자를 피한다. 남자가 뒷덜미를 덥석 움켜잡는다. 손아귀의 힘이, 꼭 거인에게 잡힌 거 같다.

"소리치지 마."

난 남자한테 질질 끌려간다.

"제가 이른 게 아니에요."

"누가 너더러 일렀다고 했어? 저쪽으로 가."

남자가 공사판 패널이 이어진 곳으로 등을 떠민다. 거긴 어두컴컴하고 으스스하다. 난 그쪽으로 가지 않으려고 버텨본다.

"좋게 말할 때 가."

날카로운 무언가가 옆구리에 닿는다. 칼? 분명 칼인 거 같다. 난 어쩔 수 없이 그쪽으로 발걸음을 뗀다.

"소리치면 다쳐."

칼끝에 힘이 들어간다. 금방이라도 얇은 티셔츠를 뚫고 들어올 거 같다.

"사, 살려주세요."

패널이 끝나는 곳에 공사장 철문이 나타났다. 그 옆으로 틈이 약간 벌어져 있다.

"들어가."

난 꼼짝없이 시키는 대로 한다. 공사장 안은 누가 죽는다고 해도 모를 만큼 완전한 어둠의 세계다. 남자가 라이터를 켜서 내 얼굴을 비추자 주위가 조금 밝아진다. 남자가 손에 든 건 칼이 아니라 우산이다. 난 나도 모르게 한숨을 토한다. 하지만 그게 그거다. 일찍 우산이었다는 걸 알았다고 해도 분명 어떻게 못 했을 거다.

"돈 있는 거 몽땅 내놔."

난 호주머니를 다 턴다. 오른쪽에서 만 원이 나오고 왼쪽에서 칠천백 원이 나온다.

"배낭 엎어봐."

난 고개를 완강히 젓는다.

"예쁜 강아지네? 아주 예쁜 강아지야."

남자가 한 줌 거리도 안 되는 졸라의 목을 콱 움켜쥔다. 살기를 느꼈는지 졸라가 끄응, 앓는 소리를 낸다.

"빨리 엎어."

졸라만은 절대 안 된다. 난 벌벌 떨며 졸라를 꺼내, 배낭을 남자한테 건넨다. 남자는 한 손으로는 라이터 불을 들고, 다른 손으로는 배낭 속에 있는 것들을 끄집어내며 하나하나 뒤져나간다. 아, 유경이 안주머니에 꼭꼭 숨겨놓은 오만 원이 기어이 남자의 손에 붙들려 나온다. 남자가 히죽 웃는다. 난 신발까지 벗으라고 할까 봐 제대로 숨을 쉴 수가 없다. 남자는 마지막까지 다 확인한 후 배낭을 나한테 건네준다.

"집 나왔냐? 들어가라. 빨랑 들어가고, 나 원망하지 마라. 이 엿 같은 세상을 탓해야지."

남자가 라이터 불을 끄고 돌아서 성큼성큼 공사장을 나간다. 난 그 자리에 주저앉는다. 졸라가 내 얼굴을 살살 핥는다.

난 졸라를 안고 소리 없이 눈물만 펑펑 쏟는다. 공포와 안도감이 어둠과 함께 나를 둘러싼다.

2시는 넘었을 거다. 버스도 당연히 끊겼을 거고. 그만 일어나자. 여기서 더 울고 있어봤자 나만 쪽팔리고 병신이 된다. 생각할수록 분통이 터진다. 우산 안으로 쳐들어왔을 때 바로 소리 지를걸. 바보, 천치, 등신, 쪼다! 쫄지 말자고, 겁먹지 말자고, 그렇게 다짐해놓고. 뭐, 버티기 명수? 명수가 웃겠다. 난 어금니가 부서져라 이를 악문다. 그래, 내 돈 갖고 가서 잘 먹고 잘 살아라. 어른들은 왜 내 돈을 빼앗지 못해 저렇게 안달인지 모르겠다. 남자가 사라진 어둠 속을 향해 평생 노숙이나 해먹으세요, 하려다 아빠가 생각나서 그 말만은 그만둔다. 난 그렇게 옹졸하고 나쁜 애는 아니니까. 내가 졸라를 납치하기는 했지만, 막장으로 악독하게 살고 싶진 않으니까. 혹시 저 사람도 어떻게 해볼 틈도 없이 길거리로 내쫓긴 건지도 모르니까. 우리 아빠가 엉뚱하게 구치소에 갇혀 있는 것처럼. 하지만 이해하는 것과 용서하는 건 하늘과 땅 차이만큼 다르다. 난 절대 남자를 용서하지 않을 거다.

또 쏟아질 것 같은 눈물을 꾹꾹 삼키고, 더듬더듬 바닥에 널브러진 짐들을 배낭에 담는다. 거칠고 젖은 흙이 손끝에 달라붙는다. 또 분통이 터지려는데 졸라가 다시 내 얼굴을 핥는다. 위로를 해달라는 건지 위로를 해주겠다는 건지 모르겠다. 나는 졸라에게 얼굴을 묻는다. 눅눅한 털에서 풍기는 졸라 냄새가 좋다. 녀석의 몸에서 전해지는 온기도 좋다. 졸라가 옆에 있어서 다행이다. 졸라마저 없다면, 상상도 하고 싶지 않다.

자동차 소리와 희미한 불빛을 좇아 조심조심 도로 쪽으로 나아간다. 아까는 몰랐지만 귀신이 땅 밑에서 잡아당기기라도 하듯 진흙이 신발을 붙잡고 쉽게 놔주지 않는다. 또 와락, 무섬증이 인다. 암만 대담해지려고 해도 순식간에 달려드는 이 흡혈귀 같은 두려움이 난 진짜 싫다. 못 말리는 고집통이라며 잘난 척하던 오기는 다 어디로 놀러 나갔나. 한심하게 삥이나 뜯기고. 꼬락서니 참 좋다. 그래도 사만 원이 남아서 천만다행이다. 영리한 유경이 아니었다면? ……어휴!

이제 어떻게 할까. 사람들은 거의 보이지 않고 자동차들만 빗속을 질주한다. 그 누나가 길을 건너서 버스를 타라고 했는데. 그렇다면 개봉역은 저 건너편 자동차들이 달리는 방향으로 있다는 얘기다. 큰길을 따라 똑바로 가다 보면 구치소로 가는 삼거리와 만나게 될 거다. 내 방향 감각을 믿고 우선 길을 건너자.

횡단보도가 열리고, 어린애라는 걸 들키지 않으려고 우산을 조금 높게 들고 씩씩하게 길을 건넌다. 이제 내 몸의 모든 감각은 우악스러운 세상에 대비해야 한다. 택시를 탈까 고민했지만 그건 아니라는 생각이 든다. 누구의 주목도 받아선 안 된다. 이 늦은 밤 신발과 배낭이 진흙으로 엉망인 아이, 너무 별나다. 돈도 마구 써버리면 안 된다.

그냥 걷자. 이곳이 신도림이니까 구로, 구일, 개봉, 세 역 정도만 지나면 된다. 일단 아빠 옆으로 가서 힘을 내고 다시 생각하자. 아빠는 지금 잠들었겠지. 혹시 잠이 오지 않아 깨어 있는 건 아닐까. 아빠도 날 생각하고 있는지 모른다. 엄마와 송이는 어떨까. 뉴욕은 지금 몇 시일까. 문득 뉴욕이란 데가 과연 세상에 있기나 한 곳인지, 외계처럼 멀게 느껴진다. 유경이 떠오르고 사채씨와 줌마씨가 떠오른다. 내가 이렇게 한밤중 빗속을 걸어가듯 사채씨와 줌마씨의 마음도 한밤중 빗속을 걷고 있는 기분이겠지. 발이 진흙 구덩이에 빠지고, 바지 자락은 비 때문에 척척 감기고, 습기는 온몸을 파고들고, 몸과 마음은 바닥으로 가라앉고…… 그 집 사람들도 꿈속에 몸을 편안히 맡기진 못하고 있을 거다. 미안한 일이지만 할 수 없다. 유경 역시 잠을 못 이루고 있을 거고. 지금 얼마나 마음 졸이고 있을까.

횡단보도를 건너고, 다음 횡단보도를 건너고, 또 횡단보도를 몇 번 더 건넌다. 아파트, 아파트, 또 아파트를 지난다. 구치소 옆에 있는 산업 상가처럼 공장 같은 상가 단지를 지나고 또 다른 상가 단지를 지난다.

전철에서 보았던 롯데마트가 보이기 시작한다. 엄마랑 몇 번 간 적도 있다. 물론 그땐 엄마의 차로 갔다. 그래, 이 다리도 건넜다. 동양 미래 대학? 그래, 구일역을 지날 때 멀리 건너편에 있는 걸 봤다.

횡단보도를 몇 개 더 건넌다. 개봉역 아파트 단지 앞 삼거리, 구치소로 통하는 도로에 눈에 익은 설렁탕집이 제대로 왔다는 걸 확인시키듯 우뚝 서 있다. 24시간 영업을 하는지 불이 환하다. 난 그곳을 끼고 돌아 아빠가 있는 곳으로 가까이 다가간다. 이런 깊은 밤에도 정문에 보초를 서는 헌병들이 있을까. 정문까지는 가지 않기로 한다.

"졸라야, 이제 우리 다 왔어."

졸라가 고개를 내밀어 내 턱을 핥는다. 아빠 옆에 왔으니까 PC방이라도 찾아봐야겠지만, 돈을 아껴야 한다. 밥도 사 먹어야 하는 돈이다. 협상이 길어질 수도 있다. 나는 PC방을 포기한다. 산업 상가를 지나다 문득 여기서 지낼 곳을 찾아보자는 생각이 스친다.

어둑한 상가 통로로 들어선다. 휘발유 냄새와 쇠 냄새가 코를 찌른다. 잡동사니를 모아놓은 곳 옆에 리어카가 거꾸로 세워져 있다. 그래, 저곳이 좋겠다. 이런 덴 노숙자들이 없을 거 같다. 조심스레 리어카 뒤쪽을 살펴본다. 안이 텅 비어 있다. 졸라와 내가 들어가 있기에 너무나 알맞은 공간이다.

"우린 해낼 수 있어, 졸라야."

★

행운의 그림자

졸라가 갑자기 내 품에서 떨어져 나가 캉캉 짖는다. 눈꺼풀 위로 햇빛이 쨍 비친다. 나는 배낭에 기대 웅크린 채 눈을 찡 그린다. 갑작스런 햇살에 눈을 뜨지 못하겠다. 뼈가 웅크러뜨린 자세로 굳어버렸나. 몸도 뻣뻣해서 움직여지지 않는다. 졸라가 왜 짖지? 여긴 어디야? 얼굴로 눈부신 햇살이 계속 쏟아진다.

"너 거기서 뭐하니? 여기서 잔 거야?"

눈앞에 얼굴이 까무스름하고 어깨가 한쪽으로 갸웃한 젊은 남자가 나를 내려다보며 서 있다. 어느새 리어카는 복도 바닥에 똑바로 젖혀 있다. 벽은 중간쯤에서 뻥 뚫려 있다. 나는 그제야 사태를 파악하고 벌떡 일어난다. 졸라도 몸을 푸르르 떨면서 다시 캉캉 짖는다. 사람들이 나오기 전에 일찍 상가를 빠져나가려고 했는데 깊이 잠들었나 보다.

"집 나왔니?"

나는 아니라고 고개를 강하게 흔든다.

"그럼 왜 이런 데서 자? 집 어디야?"

정신이 들면서 어젯밤 노숙자한테 돈을 빼앗긴 게 생각나 확 신경질이 난다. 왜 이렇게밖에 못 하는 거야? 생판 모르는 사람한테는 아무 말도 하고 싶지 않고 또 할 말도 없다. 난 열 받는 마음을 누르며 입을 꾹 다물고 배낭을 챙겨 멘다. 우산과 졸라를 양쪽에 나눠 안고 지나가려는데 남자가 막아선다.

"너 밥도 안 먹었지?"

난 남자를 빤히 본다. 인상을 보니 나쁜 사람 같진 않다. 커다란 눈이 선한 인상을 준다. 아, 내가 뭐하는 거지? 또 무슨 실수를 저지르려고 이렇게 방심하는 거야? 야, 김으뜸! 정신 차려! 눈 깜짝할 새에 어제처럼 또 당할 수가 있어. 삥 뜯기는 건 약과고 까딱하면 목숨까지 위험할 수 있다고! 친구들과 인터넷에서 봤던 얘기도 다 까먹었나. 애들을 납치해서 간이랑 콩팥이랑 다 떼어 판다는 극악무도한 범죄들 말이다. 생각만으로도 등골이 오싹하다. 내가 이 세상에서 없어지면 아빠의 희망은 시궁창에 처박혀 하수도를 통해 먼먼 바다로 흔적도 없이 사라질 거다. 혹시라도 그렇게 된다면 바득바득 우겨 아빠 곁에 남은 것도, 사채씨한테 심하게 맞은 것도, 그동안 학교에 못 다닌 것도 다 소용없게 되어버린다. 무엇보다, 어떤 은혜도 모르는 애가 자기를 거둬준 집의 비싼 개를 납치해 어찌고저찌고해서 죽었다는 식의, 진실과는 완전 딴판인 억울한 누명을 쓰는 걸 정말 원치 않는다. 이 일에 적극 협조한 유경이는 또 얼마나 죄책감에 시달릴까. 진짜 정신 차리자.

난 마음을 독하게 먹고 남자를 똑바로 쳐다본다. 절대 잡아먹히지도 탈탈 털리지도 않겠다는 각오로. 그리고 집을 나오기는커녕 '잘못'이라는 이름이 붙은 일에는 얼씬거린 적도 없다는 듯 태연하게 묻는다.

"지금 몇 시예요?"

"열시 다 됐어."

"네에. 안녕히 계세요."

"암만해도 너 가출한 거 같은데, 혼자 다니다 나쁜 사람 만나면 어쩌려고 그래? 어찌 된 건지 털어봐봐. 어떻게 된 거야? 말 안 들으면 억지로라도 경찰서에 데려가는 수가 있어."

경찰이라는 말에 가슴이 쿵쾅거린다. 안 되겠다. 이럴 땐 도망치는 게 상책이다. 나는 냅다 줄행랑을 놓는다. 배낭이 등 뒤에서 뜰썩뜰썩 뛰고, 졸라는 떨어질까 봐 계속 어깨 위로 기어오르고, 우산은 자꾸 아래로 빠지고, 나는 내 발걸음 소리에 등 떠밀리듯 앞으로, 앞으로, 내달린다.

"야, 형 나쁜 사람 아냐! 야!"

남자가 쫓아오다 포기하는지 목소리가 멀어진다. 난 그래도 죽자고 달린다. 경찰서에 끌려가면 완전 끝장이다. 아빠처럼 수감이라도 되면? 절대로 안 될 일이다.

상가 통로를 돌고 돌아 달팽이관 같은 길을 빙글빙글 달려 찾은 곳은 넓은 옥상 주차장이다. 난 계단으로 통하는 문 뒤에 몸을 숨기고 숨을 헐떡이며 나동그라진다. 목구멍이 찢어지는 거 같고, 가쁜 숨이 갈 곳을 몰라 입천장을 뚫는 거 같다. 마른 헛바닥에 뜨거운 숨이 씨근덕거린다. 졸라도 품에서 떨어져 헉헉거린다. 너무 긴장했나. 아니면 죽어라 뛰어서 그런 걸까. 갑자기 화장실에 가고 싶다. 아랫배가 기습적인 훅을 맞은 것처럼 콱콱 죄어온다.

남자를 만나게 될까 봐 조심조심 찾아 들어간 화장실. 이제야 숨이 제자리를 찾아 가슴으로 내려앉는다. 볼일만 보고 얼른 상가에서 나가야지. 나가서 PC방부터 찾아봐야겠다. 상황이 어떻게 돌아가고 있는지 메일을 먼저 확인해야 한다. 오늘 밤엔 더 으슥한 데를 골라서 숨어야겠다. 어젯밤처럼 리어카 뒤 따위는 말고. 사람이 잘 다니지 않을 곳으로.

화장실 안은 냄새가 지독하다. 불빛도 흐릿하고. 바지를 내리고 쪼그리는데 문에 웬 낙서가 갈겨 있다.

'코딱지 절대 사절'

사절한다는 글 옆에는 진짜 코딱지 같은 게 몇 개 붙어 있다. 웃기고 더럽다.

'냄새나니까 똥은 집에 가서 싸!!!'

아무리 낙서지만 어이가 없다. 그럴 거면 화장실을 뭣 때문에 만들어놓았나. 얌전히 볼일이나 보지. 구린내 나는 데서 꼭 이러고 싶을까. 이런 상가엔 아저씨들이 많을 거 같은데 어른들도 되게 웃기다.

'아따! 크다잉?'

큭, 정말 웃음이 터져 나온다. 진짜 못 말린다. 조금 전 날벼락같이 찾아왔던 긴장이 말끔히 사라지는 거 같다. 어? 근데 그 옆에 이상한 스티커가 있다! 소름을 쫙 돋게 하는 스티커! 어두워서 한눈에 들어오지 않았던 음흉한 스티커가 확 내 시선을 끈다.

'신체장기매매'

'신장 일억 오천만 원'

거기에는 휴대폰 번호도 적혀 있었다. 우연히 범죄 현장을 보게 된 것처럼 가슴이 왈캉달캉 뛴다. 일억 오천이라고? 그때 배낭에 들어앉힌 졸라가 빠져나오려고 버르적거린다. 난 졸라한테 가만있으라고 우산으로 으름장을 놓는다. 졸라가 움찔

몸을 도사린다. 일억 오천이라면 졸라 몸값의 두 배가 넘는다. 지금 졸라가 문제가 아니다. 콩팥은 하나만으로도 살 수 있다고 했는데. 난 내 배를 만져본다. 몰랑몰랑한 배 속 어딘가에서 부지런히 피를 걸러내고 있을 내 콩팥. 하나만 떼서 팔면 안 될까. 부담스러운 졸라를 사채씨한테 탁 갖다 안겨버리고 떳떳하게 내 돈을 척 내놓는 거다. 당당한 내 돈 말이다. 이걸로 우리 아빠 나오게 해주세요, 하면서. 먼저 엄마한테 얼마가 필요한지 물어봐야겠지? 천 원, 아니 백 원이라도 더 줄 필요는 없으니까. 근데 콩팥은 어디 가서 떼는 걸까? 물론 병원이겠지만. 그럼 스티커를 왜 이런 데 붙였을까? 혹시 맘대로 사고 팔 수 없는 거 아닐까? 그러고 보니, 장기 매매는 불법이라고 했는데. 좋아, 아빠를 위한 일이라면 난 얼마든지 불법을 저지를 수 있다. 그럼 어디서 떼는 걸까? 그냥 집에서? 으윽, 그러다 죽으면? 돈도 안 주고 콩팥만 두 개 다 떼서 가버리면? 간이나 눈까지? 에구, 그만두자. 난 졸라를 다독이며 모든 걸 포기한다. 어쩔 수 없다. 졸라밖에 없다. 웬일로 볼일 보고 싶은 마음이 싹 사라진다. 배도 안 아프다.

화장실을 나가다 우뚝 걸음을 멈춘다. 아까 그 남자다. 빈 리어카를 밀고 있다. 왜 자꾸 마주치는 거야? 급히 피하려는데 남자가 반갑게, 아주 반갑게 활짝 웃는다. 근데 웃음이 너무 환하다. 방금 전까지 쫓고 쫓기던 사이가 아니라 꼭 잘 아는

옆집 아이를 만난 거 같다. 난 그 웃음에 속수무책으로 빨려 들어간다. 발뒤꿈치는 바닥에서 떨어지지 않으려고 안간힘을 쓰는데, 얼굴은 남자를 향해 엎어지는 꼴이다. 기어이 발도 더는 버티지 못하겠다며 슬며시 들린다. 나는 민망해서 씩 웃고 만다. 근데 아깐 왜 그렇게 겁이 났지? 잠이 덜 깨서? 경찰서라는 말 때문에? 아빠 말처럼 도깨비를 너무 쳐다봐서?

"자세히 말하면 형이 도와줄게."

그 말에 문득 좋은 생각이 떠오른다. 사채씨와 협상할 동안만이라도 이 사람과 같이 지내면 어떨까? 형이라고까지 하는데. 모르는 아이에게 자기를 형이라고 선뜻 말하는 사람은 그렇게 많지 않을 거 같다.

"형이 도와준다니까. 무슨 일로 거기서 잤는지 말해봐."

그래, 이렇게 하자. 졸라에 대한 것만 빼고 얘기하면 되지, 뭐. 그러면 뭘 어떻게 도와줄 수 있는지 알 수 있을 거다. 나도 느낌이라는 게 있는데 나쁜 사람은 아닌 거 같다. 이 상가에서 일하는 사람이면 직업도 분명할 거고. 이렇게 착하게 웃는 사람이 설마 날 어디에 팔아먹기야 할까. 나와 아빠에게 행운의 그림자가 다가오는 건지도 모른다.

자, 으뜸, 용기를 내!

난 남자에게 아빠와 엄마 얘기, 사채씨에 관한 얘기들을 줄줄이 털어놓는다.

"그럼 아빠가 여기 구치소에 있어?"

남자가 구치소 쪽을 검지로 가리키며 묻는다.

"네."

"그래도 너 이렇게 나와버리면 그쪽에서 걱정하지 않겠어?"

"난 그 아저씨 볼모라니까요. 걱정보다 약이 올라서 엄청 찾을 거예요. 우리 엄마랑 협상 못 하니까."

"암만 돈이 중해도 그렇지 어떻게 그런 생각을……. 앞으론 어떡하려고? 이 개는?"

"내가 키우는 개예요."

거짓말을 하는 얼굴이 화끈 달아오른다. 난 남자에게서 고개를 돌려버린다.

"어린애 혼자 떠돌게 하는 것도 말이 안 되고. 그런 사람한테 억지로 돌려보낼 수도 없고. 이를 어쩌지? 차라리 아빠가 나올 동안 나랑 지낼래? 형은 여기 고철을 모아서 저쪽 큰 고물상에 넘기는 일을 하는데, 형 도우면서 그렇게 할래?"

난 남자의 눈을 보며 고개를 끄덕인다. 마음 어딘가에서 괜찮아, 괜찮아, 하고 누군가 나를 다독이고 있다. 졸라 문제는 나중에 솔직히 말하지, 뭐.

"대신 아빠가 진짜로 여기 구치소에 계시는지 확인한 다음이야."

나도 모르게 입이 벌어진다. 아빠는 당연히 거기 계시니까.

"그럼 신고식하자. 이름은?"

"김으뜸이에요. 열네 살. 얘 이름은 졸라예요."

"그래, 우리 잘해보자. 졸라도. 근데 개 이름이 좀 웃긴다. 으뜸아, 배낭하고 우산 내 트럭에 실어."

트럭이라니, 난 어리둥절하여 주위를 둘러본다. 형이 유쾌하게 웃는다.

"이게 내 트럭이야. 돈 모아서 진짜 트럭을 살 때까지만. 이제 식구가 늘었네. 형은 혼자 살아. 으뜸이, 너 뭐 좀 먹어야지."

밥? 배고프다는 생각도 들지 않는다. 지금쯤 사채씨 집에선 얼마나 난리가 났을까. 그래, 지금 밥이 문제가 아니다. 오늘부터 유경이 방학인데, 아무리 공부를 성공의 필수로 생각하는 사채씨지만 지금쯤 펄펄 뛰며 학원도 안 보내고 죽어라 쪼고 있을 텐데. 유경이가 언제쯤 사채씨한테 우리의 협상 조건을 내놓을까. 오늘 저녁? 아님 점심? 아니면 벌써 통고했을까? 우리 아빠를 구치소에서 나오게 해주면 졸라를 찾아오겠다고. 사채씨와 줌마씨, 눈이 하얗게 뒤집히겠지?

"저 배고프지 않아요. 이따 점심때 형하고 같이 먹을게요. 근데 계속 여기 있을 거예요? 저 잠깐만 인터넷 하고 오면 안 돼요?"

아무래도 유경의 소식이 궁금해서 안 되겠다.

"인터넷?"

"엄마 메일 확인하려고요."

"그럼 내가 아는 형네 가게에서 해."

형이 리어카 손잡이를 들어 올린다. 근데 왼쪽 다리를 심하게 절고, 어깨도 한쪽으로 많이 기울어 있다. 내가 쳐다보는 걸 알아챘는지 형이 씩 웃으며 설명한다.

"전에 일할 때 다쳤어. 트럭이 뭐가 심통 났는지 짐칸에서 일하는 나를 떨어뜨리고 떠나버리잖아. 덕분에 이렇게 됐어. 빨리 가자."

난 미안한 마음에 얼른 쫓아가 리어카를 민다.

"빈 리어카도 밀어? 됐어."

"내 짐 실었잖아요."

형이 너도 못 말리는 애구나, 하며 몸을 돌린다. 리어카는 벌써 힘 있게 나아가고 있다. 상가 통로에서 몇 번 꺾어 돌자 공장 비슷한 데가 나온다. 기계가 엄청난 굉음을 내며 철판을 자르고 쇠를 깎고, 작업복 차림의 남자들이 바쁘게 움직인다. 철판을 망치로 직접 두들기는 가게를 지나 전선과 박스들이 쌓인 가게 앞에 이르자, 형이 리어카를 멈춘다. 밤도 아닌데 '동신전기'라는 간판이 빨강 파랑 조명으로 반짝이고 있다. 안에서 한 아저씨가 선풍기를 들고 나와 가게 앞에 세워놓는다.

"커피 마시러 왔어요."

"들어가."

형이 내게도 들어가자며 손짓한다. 난 머뭇머뭇 그 뒤를 쫓아 들어간다. 가게 안은 놀랍게도 사채씨네 화장실보다 조금 넓다. 가게가 아니라 꼭 박스 더미를 보관하는 작은 창고 같다. 그래도 한쪽 구석 책상 위에는 전화도 있고 컴퓨터도 있다.

"얘 컴퓨터 좀 쓴대."

아저씨가 누구냐는 눈짓을 한다.

"응, 친척 애. 으뜸아, 얼른 해."

난 허락이 떨어지자마자 메일을 연다. 근데 미처 생각 못 한 일이 벌어져 있다. 편지함에서 허용된 용량을 초과했다는 메시지가 뜬다. 난 급히 메일들을 삭제해나간다. 죽죽 훑어보는 사이로 얼핏얼핏 엄마와 송이의 메일이 나를 유혹한다. '오빠 안녕?' 송이가 오빠를 부르고, '으뜸아! 사랑하는 아들!' 엄마가 아들을 부른다. '전체 선택' 버튼을 눌러 뭉텅뭉텅 송이와 엄마의 메일을 지우는데, 마침 유경이도 컴퓨터 앞을 지키고 있었는지 '유경사랑'이라는 아이디로 메일이 도착한다.

유경의 메일은 충격이다. 사채씨가 협상 따위는 없다고 나를 찾아내 박살 내버릴 거라고 벼른단다. 절대 아빠 면회는 가지 말라고 유경이 신신당부한다. 사채씨가 제까짓 게 거기 안 나타나고 배기느냐며 구치소를 지키겠단다. 그러나 지금 줌마 씨가 기절해서 숨이 넘어가고 있으니 사채씨가 오래 버티지는 못할 거란다. 재판이 며칠 남지 않았다는 걸 자기 아빠도 알고 있다고 조금만 참고 있으라며, 유경이 엄지 이모티콘과 함께 파이팅을 외친다. 내 손가락이 자동 기계처럼 파이팅으로 답한다. 더 이상은 아무 말도 못 쓰겠다. 예상 못 한 건 아닌데도 막상 닥치니까 얼떨하고 가슴이 쿵쾅거린다. 난 메일을 닫는다. 아빠의 이심은 며칠 남았을까. 사채씨가 날짜를 알고 있다면 그 안에 졸라 일을 해결해야 한다는 것도 잘 알 거다. 아빠가 수감되어 있는 걸 당당하게 형한테 확인시켜주려 했는데 그냥 혼자 다녀오라고 해야겠다.

"컴퓨터 다 했어?"

고개를 끄덕인다. 이상하게 머리가 멍멍하다.

"엄마가 뭐래?"

"거기 오래요."

거짓말이 술술 나간다. 꼭 내 안에 다른 내가 대기하고 있다가 위기 상황이 닥치면 자동으로 척 나서는 거 같다.

"누군 좋겠다, 미국이라는 데서 빨리 오라고도 하고. 요즘은 외국이 요 옆 김포나 파주 같아. 내가 사는 산동네에도 기러기 아빠가 사는 세상이야. 참, 일본에 태양광 선풍기 팔기로 한 건 어떻게 됐어요?"

"말 말아, 그 자식들. 여기가 중국인 줄 아나 봐. 원가 구만 원짜리를 육만 원에 달라고 하더라."

"쓰나미 맞은 동네서 사갈 거라 하지 않았어요? 원전 터진데. 거기 전력 사정이 안 좋다며?"

"그래, 지금 지역별로 정전시키고 있대. 바닷가라 습도가 높아 선풍기 없이는 견디기 힘든가 봐. 그래서 필요하긴 하나 본데, 애써 개발한 걸 거저 가져가려 하잖아."

"좀 더 기다려봐요. 형 능력 알아주는 데 곧 나올 거야."

"그래야지. 별수 있나."

"갖고 갈 거 뭐 나왔어요?"

"저기 복도 찾아봐. 폐전선 좀 있을 거야."

머릿속에는 사채씨가 구치소를 지킬 거라는 말이 씽씽 날아다니는데, 웬일로 두 사람의 말이 아빠의 공장을 떠오르게 한다. 아빠 공장은 되게, 되게 컸는데. 다른 사람들은 이런 창고 같은 데서도 무사히 잘 지내는데, 우리 아빤 몇 발자국만 걸어가면 나오는 요 옆에 꽁꽁 붙잡혀 있고. 난 그런 아빠를 만나러 갈 수도 없고. 뭐가 어떻게 잘못된 거야?

"김 군은?"

"배달 보냈어."

"바쁘네. 너도 커피 줄까?"

난 대답을 못 한다. 우리 엄마는 어린애가 커피를 마시면 몸에 안 좋다고 한 번도 허락한 적이 없었다. 형이 권하는 커피를 고맙게 생각해야 하나, 나쁘게 생각해야 하나. 판단이 서지도 않았는데 향기로운 커피가 코앞에 있다. 우물쭈물하는 걸 마시겠다는 뜻으로 알아들었나 보다. 엄마 마음과 형 마음이 나란히 같은 방향으로 달리는 것도 같고, 어떻게 보면 어느 지점에서 대각선으로 엇갈려 다른 방향으로 나가는 것도 같다.

처음으로 마셔보는 커피는 초콜릿처럼 달콤하고 씁쓸하다. 무엇보다 가슴에 따뜻하게 퍼진다. 나는 홀짝홀짝 커피를 들이켜며 그래, 아빠의 면회는 당분간 접자고 결심한다.

이 동네에서 어정거리다 사채씨 눈에 띄면 안 되는데. 이런 형을 만난 것도 행운인데 어떻게 해야 하나. 졸라가 입맛을 다시며 자꾸 커피가 담긴 종이컵으로 코를 들이민다. 아, 졸라 먹이를 먼저 챙겨줘야 했는데. 오줌도 누여야 하고. 졸라한테 신경을 못 썼구나, 하는 생각이 퍼뜩 든다. 이러면 안 되지. 마음 독하게 먹고 정신을 바짝 차리자. 그래야 사채씨와 협상도 하고, 그게 잘 해결되어야 아빠와도 만나고, 그래야 나중에 엄마와 송이도 만나니까.

★

가족이라는 그림

"으뜸아, 으뜸아."

꿈속인가, 아니면 진짜로 누가 나를 부르나.

"녀석, 영 눈을 못 뜨네. 밥도 안 먹고. 형 일하러 나가. 피곤한 거 같은데 오늘은 그냥 집에 있을래?"

눈꺼풀은 여전히 감겨 있지만, 생각이 조금씩 살아난다. 어제 만난 형이다. 난 간신히 그러겠다고 웅얼웅얼 대답한다. 그때 졸라가 내 얼굴을 핥는다. 이 녀석은 이제 걸핏하면 나를 핥고 있다. 내가 아이스크림인가? 간지러워! 그래도 눈이 떠지지 않는다. 눈꺼풀이 아주 붙어버린 모양이다.

"이따 밥 먹어. 냉장고에서 반찬 꺼내고 밥통에서 밥 떠서. 입맛 없으면 밥통 옆에 라면 있으니까 그거 끓여 먹든가. 너

라면 끓일 줄은 알아?"

난 눈을 감은 채 고개를 끄덕인다.

"꼭 챙겨 먹어."

문짝이 문틀에 안 맞는지 끼익 쇳소리를 내며 닫히고 형의 발소리가 멀어져간다. 검은 장막이 걷히듯 어제 일이 하나씩 떠오른다. 그래, 형네 집에 왔지. 어제 있던 일인데 아주 오래된 거 같다. 난 요즘 이런 기분을 자주 느낀다.

형과 고철 조각들을 모아 고철상에 실어다 주었고, 점심으로 짜장면도 사 먹었다. 아빠가 수감되어 있는 걸 확인한 형이 곱빼기를 시켜 자꾸 많이 먹으라고 하는 바람에 배 터져 죽는 줄 알았다. 리어카를 밀고 가면서 혹시 사채씨를 만나면 어쩌나 애를 태웠고, 검은 자동차만 보면 사채씨의 에쿠스인 줄 알고 가슴이 덜컥 내려앉았다. 졸라는 배낭과 함께 리어카 구석에 묶여 헛바닥을 내밀고 헉헉거리며 쇠 냄새와 뜨거운 햇살과 싸웠다. 고철상까지의 거리가 가까워 진짜 다행이었다. 졸라가 일사병에 걸리지 않을까 걱정하자 형이 엎어지면 코 닿을 데라고 걱정 말라 했는데, 진짜로 큰 건물 두 개를 지나 높다란 교회 옆에, 하느님의 축복처럼 '고봉자원'이라는 고철상이 떡 나타났다.

일을 끝낸 형은 리어카를 내가 잤던 통로에다 잘 세워놓았고, 우리는 형네 집을 향해 30분 넘게 걸었다. 중간에 버스 정류장이 몇 번 보였지만 형은 버스를 타지 않았다.

상가와 빌라들이 빽빽이 늘어선 동네로 한참 들어갔다. 구불구불 이어진 계단을 오르자 납작한 집들 사이로 겨우 두 사람이 지나갈 만한 골목이 나왔다. 또 한참 걸어 오르자 시멘트 길이 끝나면서 산자락이 나왔다. 형이 사는 집은 오솔길 같은 흙길을 따라 고추와 옥수수, 고구마 들을 심은 경사진 밭을 몇 개 더 지나서야 나타났다. 그쯤에서 동네가 끝나고 뒤로는 산이 시작되는 거 같았다.

난 형이 떠준 밥을 몇 숟가락 떠먹고 바로 이불 위로 쓰러진 거 같다. 졸라 밥은 먹었나? 잘 모르겠다. 형이 자기 밥을 국물에 말아 주는 걸 본 거 같기도 한데, 그냥 꿈인지도 모른다. 졸라가 쫄쫄 굶었으면 어쩌지. 잠이 확 달아나면서 정신이 든다. 그제야 눈도 번쩍 뜨이고 방 안을 휘휘 둘러본다. 졸라가 옆에서 냅다 꼬리를 흔들고 있다. 내가 죽었다 살아오기라도 한 것처럼.

난 배낭을 뒤져 졸라의 밥을 찾아낸다. 졸라가 자기 밥 냄새를 맡고 캉캉거리며 펄쩍펄쩍 뛴다. 너도 주인 잘못 만나서, 하고 말하다가 사채씨의 말투가 떠올라 입을 다물고 만다. 그런 건 배우고 싶지 않다. 오늘도 협상은 없다고 버티는 중일까? 국제금융로 옆에 사는 악돌이 수전노 지존이 쉽게 손을 들진 않겠지. 더 기다릴 걸 각오해야 한다.

졸라가 캑캑거리며 먹는 건지, 쓸어 넣는 건지 모를 정도로 정신없이 사료를 먹는다. 쟤가 어제 저녁 정말 아무것도 안 먹었나. 갑자기 졸라한테 미안해진다. 머릿속에서 반성문이 좌르르 쏟아진다. 앞으로는 죽도록 피곤해도 졸라 챙기는 일을 먼저 해야겠다. 그래, 물을 먹여야지. 방바닥에 뒹구는 마가린 상표가 붙은 플라스틱 통에 수돗물을 받아 졸라 앞에 놓아준다. 줌마씨는 생수를 먹이지만 여기선 어쩔 수 없다. 내가 이러고 있을 거라는 걸 사채씨가 짐작 못 할 리 없다. 졸라의 건강이 걱정되면 무조건 협상하러 나서야 할 거다. 그래, 졸라에게만 생수를 사다 먹이자. 참, 내 돈 사만 원. 어젯밤 신발 벗을 때 확인하고 싶었는데 형 앞이라 꾹 참았다. 밥도 사주고 집까지 데려와준 형을 못 믿는 건 아니지만, 그래도 그냥.

난 방문을 열어 신발을 찾는다. 어, 근데 신발이 안 보인다. 머리 위에 지지배배 새소리만 시끄럽다. 고개를 들어보니 처마 끝 좁은 슬레이트 지붕 아래는 완전 제비 집 단지다. 책에서만 보던 제비 집을 실제로 보는 건 처음이다. 제비들이 아침밥 시간이라도 됐는지 둥지마다 바쁘게 들락거린다. 새끼 여러 마리가 노란 입을 벌리고 쫏, 쫏, 쪼르르 지저귀는 둥지도 있다. 바로 앞 전깃줄에는 어미 하나가 먹이를 물고 앉아 지그시 새끼들을 바라보고만 있다. 먹고 싶으면 날아와봐, 하는 거같다. 새끼들이 먹이를 달라고 아우성이지만 어미는 새끼들을 쳐다만 볼 뿐 꿈쩍 않는다. 드디어 새끼 네 마리가 조심조심 둥지 가에 올라선다. 그중 하나가 먼저 날개를 퍼덕여보다가 무서운지 뒷걸음질로 내려가버린다. 되게 귀엽다. 나머지 세 마리는 날아보려는 시도도 못 하고 어미만 쳐다보며 찟찟, 찟찟, 울어댄다. 어떤 둥지 밑엔 받침대가 있고 어떤 둥지 밑 엔 없다. 받침대가 없는 둥지 아래는 제비 똥 천지이다. 형이 받침대를 달아주다 귀찮아졌나 보다. 아니면 바쁜 일이 생겼 거나.

방문 앞쪽을 비켜선 시멘트 바닥에 신문지를 덮어놓은 어떤 더미가 있다. 신문 위엔 싼 지 얼마 안 된 물컹한 새똥들이 갈 겨져 있다. 신발이 저 아래 있는 걸까? 신문지를 들춰보니 다 른 신발들과 함께 내 운동화가 얌전히 놓여 있다. 난 후다닥 신발 깔창을 꺼내본다. 유경이 줬던 사만 원이 고스란하다. 난 돈을 꺼내 바지 주머니에 찔러 넣는다. 누가 지나가다 신발을 통째로 집어갈 수도 있겠다 싶어서다. 형네 집은 신발 벗는 곳 만 벗어나면 바로 길이다. 한마디로 길 위에 있는 집이다. 길 이라고 하기에도 우스운, 산으로 통하는 오솔길이지만. 난 신 발을 제자리에 놓고 방으로 들어간다.

방에는 작은 냉장고, 텔레비전, 선풍기, 이불, 옷걸이, 밥상 이 전부다. 한쪽 벽에 싱크대가 붙어 있는 걸 보면 방이랑 부 엌을 같이 사용하는 거 같다. 그럼 화장실은 어디에 있지?

화장실은 바깥벽에 붙어 있다. 형의 리어카만 한 넓이에 변기도 있고, '네 번 타는 보일러가 제대로'라고 광고하는 보일러도 있고, 수도꼭지도 있다.

형만 사는 것은 아닌 듯 건너에 방 하나가 또 있다. 그 앞엔 온통 빈 막걸리병과 소주병이 즐비하다. 저 방 주인은 밥 대신 술을 먹고 사나? 본능적으로 경계심이 발동한다. 술병들 옆에 높다랗게 포개진 컵라면 용기들에서도 불안감이 느껴지기는 마찬가지다.

"거기 누구여?"

마당인지 길인지에 서서 주위를 한 바퀴 둘러보는데 지붕 위쪽에서 누군가 말을 건넨다. 고개를 빼보니 산 쪽으로 집 한 채가 더 있고 거기에서 어떤 할머니가 나를 내려다보고 있다. 난 뭐라고 말해야 할지 몰라 머뭇거린다.

"누구냐니깬?"

"으뜸이에요."

내가 말해놓고도 우습다. 할머니가 내 이름을 알고 싶어서 물어보는 건 아닐 거다. 낯선 목소리가 나자 방 안에서 졸라가 캉캉 짖는다. 어이구, 저 참견 박사, 하는데 졸라 소리가 신호라도 된 듯 윗집에서도 개 짖는 소리가 요란하다. 몇 십 마리는 되는 거 같다. 사이사이 컹컹, 덩치 큰 개 짖는 소리도 끼어든다.

"하이고, 거기도 개새끼 있냐?"

개새낀 아니고 우아한 그랜드 챔피언 촐리인데요, 난 속으로만 대답한다.

"시끄러! 상녀리 새끼들. 지금 텃세허냐?"

할머니가 욕을 하거나 말거나 윗집 개들은 서로 다투듯 짖어대고 졸라도 한 목소리 보태니 갑자기 위아래 집이 개판이 된다. 개들의 신고식도 참 대단하다. 윗집은 개 사육장인가?

"누구, 까무 총각네 온 거여?"

까무 총각? 형 얼굴이 가무스름하니까 할머니가 그렇게 부르나 보다. 근데 '까무'라는 말이 색깔의 느낌이 아니라 뭔가 다정하게 들린다. 되게 친해지는 기분. 나도 이제부터는 까무형이라 불러야겠다.

"네, 까무형네 왔어요."

윗집 할머니는 내가 막상 까무형이라고 하자 잠시 어리둥절한 표정을 짓다가 총각은 일 갔느냐고 묻는다. 이번 할머니 말에는 '까무'가 빠져 있다. 개들이 계속 시끄럽게 짖어대자 할머니는 대답도 듣기 전에 또 욕을 하며 돌아선다. 나도 졸라를 말리러 방으로 들어간다. 졸라를 데리고 나가서 똥오줌도 누여주고 사채씨가 오늘은 어떻게 하고 있는지 메일도 확인해봐야겠다.

졸라를 안고 방을 나가는데 밑에서 오토바이 한 대가 올라온다. 중간에 계단이 죽 이어져 있는데 어떻게 올라왔지? 또 다른 길이 있나 보다. 오토바이 뒤에는 피자 가게 형들의 것처럼 짐 바구니가 실려 있다. 바구니가 망으로 덮여 있는 게 달랐지만. 한쪽으로 비켜서는데 오토바이가 내 앞에서 멈춘다.

"야, 그 개 좀 보자."

"왜요?"

"어른이 말하는데 '왜요'는 뭔 '왜요'야? '왜 요'는 일본 놈 담요다, 이놈아. 요즘 애들은 싸가지가 없어요."

난 왜 남의 개에 관심을 갖느냐는 뜻인데 까다롭게 군다. 남자가 오토바이에서 내리더니 내가 안은 졸라를 손가락으로 획 획 건드리며 이리저리 살핀다. 얼굴 표정이나 거친 손놀림이 되게 기분 나쁘다.

"왜 그러시는데요?"

"나 저 아래서 애완견 센터 하는 사장이야. 이거 좋은 종잔데. 네 꺼냐?"

남자의 눈빛도 싫고 말투도 싫다. 난 대답하지 않는다.

"에미헌테 왔으믄 빨랑빨랑 올라오지 않고 거기서 뭐혀? 죽었나, 살았나 궁금허지도 안혀?"

"저 노친네는 자식 꼴만 보면 잡아먹지 못해 악악이라니까."

"오늘은 박카스 실어 왔어?"

"몸에 좋지도 않은 거 꼭 입에 달고 싶어요?"

"이 상녀리 새끼, 내가 누구 땜시 이 생고생인디 그 단물 한 모금 사다 주는 거가 그리 아까와?"

남자가 내가 이놈의 짓 때려치워야지, 노인네 유세 떠는 거 꼴 뵈기 싫어서 증말, 하면서 오토바이에 오른다. 이상한 할머니에 이상한 아들이다. 난 얼른 그 앞을 벗어난다. 까딱하면 고래 싸움에 새우 등 터지겠다. 남자는 오토바이에 오르고서도 계속 졸라한테서 눈을 떼지 못한다. 바구니에는 개 사료가 가득 실려 있다. 졸라를 부러워하는 듯한 눈초리 덕분에 어깨가 으쓱해진다. 역시 개든 사람이든 잘나고 볼 거다. 졸라가 많이 꼬질꼬질해지긴 했지만 좋은 혈통은 어디로 가는 게 아닌가 보다.

밥을 먹고 나올걸 그랬나. 배 속이 자꾸만 꼬르륵거린다. 졸라는 배도 부르고 볼일도 다 봐서 그런지 내 품에 편안히 안겨 바깥 구경을 즐기고 있다. 졸라야, 하고 부르니까 쳐다보지도 않은 채 꼬리만 건방지게 살랑살랑 흔든다. 난 지은 죄가 있어서 녀석을 야단치진 못한다.

이 동네는 위치한 높이에 따라 집 모양이 다르다. 까무형이 사는 산자락을 내려가자 꿰맨 옷처럼 천막을 조각조각 덮어쓴 납작한 집들이 나오고, 더 내려가자 곧 철거될 거 같은 빈 연립

주택 몇 동이 나오고, 또 더 내려가자 빌라와 다세대 주택들로 빽빽한 동네가 나온다. 그 다음이 큰 도로와 가까운 평지인데 단독 주택들에 섞여 상가 건물들이 하나둘 나타난다.

처음 만난 건물 2층에 웃기는 이름의 PC방이 있다. '마이웨이'라고? 뭐, '지존'이라든가 '파워 존', '헤라클레스', 이 정돈 돼야지. 근데 마이웨이라? 나의 길이란 말이지. 다시 생각하니 괜찮게도 들린다. 그래, 이 마이웨이를 우리 작전의 본거지로 삼자. 앞으로 이곳이 협상의 신호를 기다릴 거점이 되는 거다.

'유경사랑', '유경사랑'. 실시간 중계처럼 유경의 관심은 온통 우리 작전에 쏠려 있다. 작전의 지휘관은 당연 유경이다. 고맙게도 자연히 그렇게 되었다. 어차피 지휘 본부는 적의 동태를 잘 살필 수 있는 곳에 위치해야 하는 법이니까.

유경이 보낸 메일은 줌마씨의 긴급 상태를 전하고 있다. 기어이 줌마씨가 병원에 실려 갔다고, 유경한테 악다구니하다 게거품을 물고 제풀에 넘어졌단다. 유경이는 자기가 없어져도 줌마가 저렇게 기절하고 나자빠질까, 그런다면 그건 아마 너무 좋아서일 거라고 킥킥거린다. 사채씨는 병원을 쫓아다니랴 구치소에 가보랴, 잔뜩 악에 받쳐 있단다. 지금 자기를 엄청 족치고 있는데, 딸 족친다고 해결될 일이 아니란 걸 모른다고. 덕분에 학원 안 가서 좋다며 음표 모양 이모티콘을 한 줄 가득 날린다. 으뜸이 너를 잡든가 네 제안을 받아들이든가 해야지 멍청하기 짝이 없다고, 자기 아빠를 비웃기까지 한다. 유경은 이번 작전을 수행하면서 신이 난 거 같다. 난 심장 뛰어 죽겠는데 유경은 게임을 하듯 즐기는 분위기다. 하여튼 철딱지 없는 건 알아줘야 한다. 한술 더 떠 윙크에 야호 이모티콘까지 날리고 있다. 아빠가 자기를 엄청 두들겨 팰 줄 알았는데, 맞을 각오도 하고 있었는데 희한하게 자기 몸엔 손 하나 안 댄다고, 졸라 한판 붙어보려고 별렀는데 맥이 빠진다고, 나한텐 미안하다고도 했다. 나한테 미안할 것까지야, 그랬다면 다행이지. 그렇게 생각하면서도 한쪽 가슴이 아리는 건 무엇 때문일까. 유경이 사채씨한테 두들겨 맞기를 원했나? 절대 그건 아니다. 그래도 그 말을 들으니 유경과 나와의 거리가 요만큼에서 저만큼으로 멀어지는 느낌? 줌마씨가 없어서 식사를 계속 라면으로 때우느라 죽겠다는 유경의 앙살에서도 그랬다. 미안하면서도 거리감이 느껴지는 건 나도 어쩔 수가 없다. 유경의 앙살에는 약간 비틀어지긴 했지만 가족이라는 그림이 있는데, 나한테는 아무리 들여다보아도 부옇게 뭉개진 스케치만 있다. 조금 우울해진다. 이러는 내 마음을 나도 잘 모르겠다. 유경의 마지막 메일에는 구치소엔 얼씬도 하지 말라고, 전화하는 거 들으니까 심부름센터라는 데에 물어보는데, 사설탐정소 비슷한 데 같다고, 아직까진 절대 협상할 생각이 없는 거 같다며 다시 파이팅을 외쳤다. 사설탐정? 사채씨도 찔리는 게 있어서 경찰한텐 못 가겠나 보지? 자기가 날 보살피고 있다고 주장해도, 난 그동안 사채씨의 행동을 다 불어버릴 테니까. 아동폭행죄, 감금죄, 절도죄. 본인이 더 잘 알 거다. 또 자기 딸 유경이 나와 공범인 것도 분명히 알 테니까. 난 유경이한테 잘 있다고, 좋은 형을 만나 아빠 일이 해결될 때까지 그 집에서 같이 지내게 될 거라고, 걱정하지 말라는 소식을 전한다.

엄마와 송이는 내가 메일을 읽지 않는다는 걸 깨달았는지 이젠 메일을 보내지 않는다. 그쪽에서 아무리 보내도 나중엔 내 메일함이 꽉 차서 되돌아갔을 테니까 어쩔 수 없이 포기했을 거다. 이것도 섭섭한 걸까? 잘 모르겠다. 그렇다고 소식을 전하고 싶다는 생각은 들지 않는다. 엄마한테 뭐라고 쓰겠나. 사채씨의 비싼 개를 훔쳐서 아빠와 합의해달라고 협상을 벌이는 중이라고? 드디어 아들이 미쳐버린 줄 알 거다.

암만 아닌 척해도 나도 내가 무섭다.

사채씨도, 경찰도, 졸라도, 어떻게 생겼는지 모르는 탐정도, 다 무섭다.

아빠의 이심 날짜는 얼마나 남았을까.

★

마음의 힘

까무형을 따라가자니 그렇고, 안 따라가자니 그것도 그렇다. 같이 지내겠느냐고 물을 때 분명히 까무형은 '자기 일을 도우면서'라고 했다. 같이 나서지 않으면 까무형의 밥을 공짜로 먹겠다는 소리밖에 안 되는데…….

졸라를 데리고 나가자니 그렇고, 집에 놓고 가자니 그것도 그렇다. 까무형이야 졸라 일을 알지 못하니까 내 고민을 알 턱이 없고, 진짜 고민된다. 놓고 나가면 혼자 낯설고 불편한 집에 있다가 스트레스로 병이 날지도 모르고, 저 윗집 개들이 단체로 짖어대는데 졸라가 흥분해서 잘못되면? 그렇다고 데려가자니 사채씨가 사설탐정까지 구하고 있다는데, 정말 걱정된다. 나 혼자라고 해도 사채씨를 만날까 조심해야 할 판에 졸라를 들키게 되면 무조건 게임 끝이다. 사채씨 말대로 박살 나는 건 시간문제가 될 거다. 아빠도 그렇지만 나는 또 어떻게 될까. 도저히 추측할 수가 없다.

그런 것들이 아니더라도 까무형한테 졸라를 데리고 가겠다는 말도 못 하겠다. 일할 때 졸라를 데려가면 많이 불편하다. 리어카에 묶어놓으면 앞뒤로 들어갔다 나왔다 하며 줄을 엉클어놓기 일쑤고, 한번은 바퀴에 깔릴 뻔해서 되게 놀란 적도 있다. 일하는 까무형 옆에서 계속 졸라만 안고 서 있을 수도 없고. 우물쭈물 서 있는 나한테 까무형이 한마디 한다.

"왜, 오늘도 안 가고 싶어?"

"아뇨."

"그럼?"

"얘 때문에."

사채씨 때문이란 말은 못 하겠다. 혹시 실수로라도 진짜 이유를 말하게 될까 봐.

"걱정되면 데리고 가."

"일하는 데 방해되잖아요."

"어린애가 너무 철이 들어도 못써. 그냥 쫓아다녀도 돼. 나 안 심심하게."

까무형이 내 뒷덜미를 툭 친다. 손길이 다정하다. 난 주저하는 마음을 슬며시 접는다. 일단 나가서 최대한 조심하기로 하

자. 아빠 옆에 간다는 것만으로도 좋기도 하니까. 가까이에 아빠가 있다는 생각만 해도, 아빠의 손을 직접 잡기라도 한 것처럼 마음이 따뜻해진다. 지금의 처지에서는 그것만으로도 위로가 된다.

난 나갈 준비를 서두른다. 졸라가 폭신하게 앉을 수 있게 배낭 속에 있는 걸 다 끄집어내고 배낭 바닥에 수건을 깐다. 사실, 졸라를 숨기려는 목적이 더 크다. 생수병과 졸라 간식도 몇 개 챙긴다. 까무형이 졸라의 간식과 생수를 보고 못마땅한 표정을 지을 땐 뜨끔했다. 난 얼른 유경이 핑계를 댔다. 사채씨의 딸이 졸라를 엄청 귀여워했다고. 그 애가 심심하면 졸라 간식을 사다 줬는데 이것들 다 먹이고 나면 끝이라고. 물도 차츰 수돗물로 길들일 거라고. 그러면서 속으론 '곧 자기 집으로 돌아갈 거예요. 그때 다 말할게요', 중얼거린다.

까무형은 이미 나가서 기다리고 있다. 웬일로 바깥이 소란스럽다. 배낭을 앞으로 메고 얼른 나간다.

"에이고, 가만두세요."

"저것들 애당초 발을 못 붙이게 했어야 했어. 얍, 얍!"

"쟤들도 잘 살아보자고 찾아온 건데 뭘 그리 야박하게 그러세요."

"내 신발에 똥칠하는 거 계속 참으라고? 신발 치워놓는 것도 귀찮아. 내 방 쪽에 판자때기 없는 건 다 없애버릴 거야. 여기 또 새로 짓는 거 봐. 끝이 없어요, 끝이. 오늘은 절대 말리지 마. 어젠 머리에도 똥 벼락 맞았어."

"혹시 그 벼락에 박 씨 하나 없었어요?"

"자네 정말, 그러잖아도 열받아 죽겠는데."

"오늘은 출근 안 하세요?"

"몰라. 이것들이 진짜, 얍! 얍!"

"그만두라니까요. 생목숨 해코지하면 벌받아요."

"놔둬. 벌이라도 콱 받아버리게. 사는 것도 지겨워 죽겠는데. 새로 집 짓는 저것들, 접때 간 새끼들이 자란 녀석들이라는 거 알아? 그 옆엔 그 어미들이 또 알을 깠어. 이놈들 번식력도 엄청 좋아요. 먼 길을 날아다니긴 해도 팔자들이 좋다니까. 인간들은 기를 써도 자식 잘 키우기가 하늘 별 따기처럼 어려운 세상인데. 나 저런 것들한테까지 당하며 살긴 싫다."

나이가 좀 들어 보이는 삐쩍 마른 아저씨 하나가 검도하는 자세로 죽도를 양손으로 들고 열심히 제비 집을 부수고 있다. 낮은 처마의 제비 집은 키가 큰 아저씨의 손안에 있는 거나 마찬가지다.

"얘는 누구야?"

까무형이 웃으면서 동생이라고 대답한다. 아저씨는 오지랖 어쩌고 중얼거리면서도 계속 제비 집 철거에 매달린다.

"아이, 그만두라니까요. 내가 살살 달래서 이따가 판자 대줄

게요."

"접때처럼 떼거리로 공격당하려고? 그러다 이번엔 눈알 제
대로 뽑혀."

"형님은 무슨 그런 흉악한 소릴 다 하세요?"

"세상살이가 원래 그리 흉악한 거지. 참견 말고 동생이나 데
리고 얼른 일 나가시게."

까무형이 그냥 가자고 눈짓하며 기우뚱기우뚱 길을 내려간
다. 난 힐끗 아저씨를 쳐다본 뒤, 까무형을 쪼르르 쫓아간다.
까무형이 판자를 달아준다고 하는데도 구태여 둥지를 못 짓게
할 게 뭐람. 방 앞에 술병이 가득 쌓인 걸 보면 알코올 중독자
이거나 불평불만이 많은 사람이거나. 에이, 앞으로 저 아저씨
를 검도씨라고 부를 테다.

검도씨의 정체는 너무 싱겁게 풀린다. 묻지도 않았는데 까
무형이 혼잣말처럼 왜 자식과 부인은 미국에 보내가지고 저리
망가지느냐고, 자식을 얼마나 이름 짜한 대단한 인물로 만들
겠다고 저러는지 모르겠다며 안타까워한다. 검도씨의 정체는
까무형이 전에 말한 적이 있던 기러기 아빠다. 근데 기러기 아
빠가 저리 궁상이면 기러기 자식과 기러기 부인은 어떻게 하
지? 목동에 살 때 미국 학교로 떠난 친구들이 여럿 있었다. 걔
네 아빠들은 부자였는데. 나도 졸라처럼 참견 박사가 되어간
다. 지금 내 발등에 미사일 떨어진 줄은 모르나. 차라리 제비

에 대해서나 물어보자. 왜 까무형이 공격당했는지 궁금하니까. 그 일도 아주 싱겁게 설명된다. 까무형이 둥지 밑에 판자를 대주는데 자기 새끼들을 해치려는 줄 알고 부모 제비들이 폭격기처럼 날아들어 까무형을 공격하더란다. 아닌 게 아니라 많이 놀라긴 했다며 까무형이 활짝 웃는다. 까무형의 웃는 모습은 언제 봐도 시원하다. 그러다 까무형이 진지하게 말한다. 제비들이 따뜻한 데서 새끼 낳고 키우러, 그 먼 길을 모험하는 걸 보면 미물이라도 위대해 보인다고, 마음이 짠하다고. 문득 까무형이 고개를 갸웃한다.

"저 형님도 비슷한 마음으로 애들을 미국에 보냈나? 그럼 으뜸이 너도 엄마 뜻을 따라야 하는 거 아냐? 아빠도 그렇게 하란다며? 잘 생각해봐."

난 대답을 하지 못한다. 검도씨하고 우리 엄마하곤 경우가 다르다. 저 제비들이 둥지를 떠나기 전에 나는 까무형 집을 떠날 수 있을까?

……당연하지!

"근데 형은 왜 혼자 살아요?"

"살다 보면 피할 수 없는 일들이 있는 법이야. 지금의 네 처지랑 비슷한 일이라고 하면 이해할 수 있겠어?"

난 걸음을 멈추고 까무형 얼굴을 빤히 올려다본다.

"왜?"

까무형도 걸음을 멈추고 묻는다.

"이렇게 된 거 속상하지 않으세요?"

"속상하지. 안 속상할 리 있나. 그래도 화는 안 내려고 해."

"치, 속상한데 어떻게 화를 안 내요?"

"노력하는 거지. 속상한 마음을 그냥 두면 마음이 난폭해져. 결국엔 내가 더 상처를 입게 돼. 감정도 훈련시킬 수 있는 거 아니? 처음엔 잘 안 돼도 자꾸 하다 보면 조금씩 돼. 마음에서 건강한 힘이 자라는 거야."

"난 화나게 한 사람들이 미워 죽겠는데."

"밉지. 그런데 미움이 너무 크면 나중에 괴물로 변해. 결국 그 괴물이 사고까지 치려고 하더라. 그때 결심한 거야. 감정에 끌려다니지 말자, 살면서 크게 후회할 일을 만들면 안 되지, 하고. 복수심에 불타 평생 씻지 못할 잘못을 저지를 순 없잖아."

가슴이 철렁한다. 나도 모르게 배낭 안의 졸라를 쳐다보게 된다. 까무형의 말대로라면 당장 마음의 화를 풀고 졸라를 사채씨한테로 보내야 맞는 걸 거다. 그럼 우리 아빠는? 저대로 계속 갇혀 있어야만 하는 거야? 사채씨는 자기 하고 싶은 대로 막 하고?

까무형이 환하게 웃으면서 가자고 재촉한다. 까무형의 어깨가 한쪽으로 기우뚱댈 때마다 내 마음도 같이 기우뚱거린다. 뭔가가 가슴에서 부글거린다. 기어이 그게 목구멍으로 올라온다. 뭐, 감정을 훈련시킨다고? 난 못 해. 아빠가 나오고 나면 나중에, 나중에 할 거야. 난 졸라와 눈을 맞추고 '졸라~, 졸라~, 졸라~' 하고 악을 쓰듯 부른다. 졸라는 놀아주는 건 줄 알고 목을 빼 '카앙~, 카앙~' 행복하게 짖는다. 그런 졸라를 보며 까무형이 웃고, 할 수 없이 나도 웃는다. 미워할 수 없는 우리의 귀여운 졸라다! 우리의 졸라? 문득 어제 유경의 메일이 생각나면서 발걸음이 무거워진다. 상가에 도착하면 까무형한테 부탁해서 바로 메일을 확인해봐야겠다.

★

포위망에 걸리지 마

　개봉역을 지나 설렁탕집을 마주 보며 돌아서자 아빠가 있는 구치소가 보인다. 건물 옆으로 높게 올라간 하얀 감시탑도 보이고. 정문에서 헌병 두 명이 차량을 안내하는 것도 보이고. 난 바짝 언 채 걸음을 빨리한다. 그러면서 나도 모르게 길 가는 사람들을 훑고 있다. 적을 감시하는 탐조등처럼 빛살을 눈빛으로 내쏘며 내 신경은 온통 도로의 행인들에게 쏠린다. 까무형의 뒤로, 옆으로 부지런히 몸을 숨겨, 혹시 사채씨를 보게 될까 봐, 아니면 의심스러운 남자의 시선이라도 받게 될까 봐, 몸을 옹크려 까무형의 그림자에 숨는다. 까무형이 내 마음을 알아채고 암만 몹쓸 작자라고 해도 여기까지 널 찾으러 오겠느냐며, 너무 걱정 말라고 했다. 그렇지만 그건 우리 사정을 몰라서 하는 얘기다. 그래도 역시 염려가 되었는지 까무형은 자기 모자를 벗어 내 머리에 씌워준다. 눈을 푹 가리자 시선에서 벗어나 조금 안심이 된다.

땡큐, 까무형!

배낭 안에서 졸라가 답답하다는 듯 발버둥 친다. 아까 이곳에 가까워지기 전, 머리를 집어넣고 지퍼를 닫아버렸다. 난 차가 오지 않는 틈을 타 달음질로 도로를 건넌다. 산업 상가 통로에서 거친 숨을 가다듬고, 천장까지 쌓여 있는 박스들 뒤에 숨어 건너편의 까무형을 내다본다. 까무형이 이쪽을 보며 웃고 있다. 난 브이 자를 그려 보이고 그제야 배낭 지퍼를 열어 졸라의 머리를 꺼내준다. 졸라가 헉헉거리며 주위를 둘러본다. 난 졸라가 안심하도록 눈을 맞춰준다. 졸라가 이제 살 거 같다는 듯 배낭 안에서 반갑게 꼬리를 친다.

까무형은 교도소 건물을 등지고 횡단보도 앞에 서 있다. 까무형을 바라보는데 갑자기 푸른 삼각 지붕의 교도소가 내 행동을 살피는 것처럼 느껴진다. 난 형 뒤에 떡 버티고 있는 교도소를 얄밉게 쏘아본다. 바깥에 철조망을 두른 것도 모자라, 높다란 담 위를 가시철망으로 무장한 교도소가 탈출은 어림없다고 기세등등, 내 시선을 맞받는다. 됐거든요. 우리 아빠 거기 안 갈 거거든요. 철조망과 흰 담 사이, 작고 하얀 꽃들이 무더기무더기 살랑거리다 일제히 나를 주시한다. '너 지금 무슨 소리를 하는 거야?' 하고 묻는 것만 같다. 철조망을 넘어가 확 뽑아버리고 싶을 만큼 표정들이 새침하다. 교도소 굴뚝과 키재기를 하는 우람한 목련도 그 분위기에 동조하고 나선다. '네 아빠가 교도소에 갈지 안 갈지는 아무도 모르는 일이야.' 이른 봄날 하얀 꽃망울을 눈부시게 터뜨리던 아름드리나무다. 구치소를 눈앞에 두고 그 아래를 터벅터벅 지날 때마다 이상하게 마음이 허전했다. 꽃나무한테까지 따돌림당하는 기분이 들었고, 왠지 아빠와 내가 불쌍해졌다.

이틀 만에 온 상가는 까무형이 있어서 그런지 처음처럼 두렵거나 낯설지 않다. 사채씨만 신경 쓰이지 않는다면, 이렇게 사는 게 사채씨 집에 있는 것보다 훨씬 편하고 좋은데. '있는' 거 말고 '사는' 거 말이다. 까무형과는 사는 거고 사채씨하고는 있는 거다. 사는 거와 있는 거는 분명 다르다. 사는 거는 내가 내 생각대로, 마음이 허락하는 대로 움직이는 거고, 있는 거는 사채씨가 명령하고 구속하기 때문에 내가 할 수 없이 행동하게 되는 거다. 사채씨 집에 있는 건 아빠가 구치소에서 있는 것과 느낌이 비슷할 거다. 구치소에서 살고 싶은 사람은 없지 않나? 그냥 그 안에 있는 거지. 너무나 뻔한 말을 너무도 뻔하게 하는 내 마음이 먹먹하다.

"오늘은 커피 마시러 안 가요?"

"뭔 커피?"

"아는 형인가 그 가게요."

"또 인터넷 하고 싶은 거야?"

난 네, 하고 순순히 대답한다. 까무형이 오늘은 바쁜데, 하면서도 다른 말이 없는 걸 보니 그쪽으로 가주는 거 같다. 까무형의 말을 빌려서 표현하자면, 엄마 아빠 없이 떠도는 내가 많이 짠해 보이나 보다. 사채씨가 까무형 마음의 백분의 일만이라도 닮았다면 오늘 난 여기에 없었을까? 아빠는? 엄마는? 모르겠다. 모르겠는 것들은 묻지 말기. 이 세상엔 답이 있는 것보다 없는 게 더 많다. 없는 답을 묻는 건 너무 피곤하다.

오늘도 상가 안은 쇠망치 소리, 전기 드릴 소리, 쇠 가는 소리, 모터 소리, 온통 시끄럽고 바쁜 소리로 활기차다. 몇 건물만 지나면 우리 아빠가 있는 곳인데. 아빠는 왜 저기에 있어야만 하는 걸까? 알 수 없는 건 묻지 말자고 다짐하고선 이런 걸 다시 묻고 있는 내가 싫다.

어느새 그때 고향형의 가게다.

유경의 메일을 보니 줌마씨가 드디어 병원에서 자리를 털고 일어나 행동을 개시했단다. 우리 아빠와 합의해주고 이참에 악연을 깨끗이 정리해버리자는 말을 사채씨한테 꺼냈다가, 줌마씨 화장품 몇 개가 박살 나고, 직접 나를 찾아 나서기로 했다는 거다. 그러니 구치소 근처엔 절대 가지 말라고 유경이 또다시 당부한다. 두 사람은 눈에 헤드라이트를 달고 찾고 있으니,

절대 그 포위망에 걸리지 말 것. 지휘 본부의 명령이다. 나는 알았다고 답신을 보낸다. 근데 몸이 화들화들 떨린다. 여기 오지 말걸 그랬나. 까무형한테 솔직히 다 털어놓고 말이다. 졸라를 사채씨 집에서 훔쳐 왔다고 하면? 에구, 차마 말할 수 없다.

"어, 이 덜렁이 자식, 또 이거 놓고 갔네. 꼭 챙겨 가라고 했는데."

"김 군요?"

"은행 심부름 보냈는데 사업자등록증 사본을 놓고 갔어. 덜렁거리는 것도 병이다, 병."

"급한 거면 내가 갖다 줄게요."

"배달도 밀렸는데 그래주면 고맙고. 아니, 그러지 말고 얘 시켜라."

고향형이 나를 턱으로 가리킨다. 난 옴찔 어깨를 옴츠린다. 이 동네에선 최대한 행동반경을 줄여, 될 수 있는 한 시선에 노출되지 않아야 하는 게 내 임무다. 줌마씨까지 나섰다면 그만큼 눈에 띌 확률이 높아졌다는 뜻이다. 진짜 사설탐정까지 떴다면 적이 누구인지 파악되지 않은 상태에서 무방비로 나를 드러내는 셈이고. 은행은 분명 도로변에 있을 텐데. 사채씨의 검정 에쿠스가 떠올라 머리끝이 주뼛해진다.

"여기서 다른 심부름하면……."

까무형이 내 마음을 알고 고향형한테 자기가 다녀오겠다고 한다.

"형 다리도 불편한데 네가 얼른 갔다 와. 요 통로로 쭉 나가면 바로 길 건너에 있어. 아이 하나 보낸다고 전화해놓을게."

고향형이 손가락으로 가리키는 방향을 보니 구치소 쪽이다. 나도 모르게 뒷걸음질이 쳐진다. 까무형이 그런 나를 보며 웃는다.

"걱정 마, 내가 갔다 올게."

"너 왜 그래, 정말? 넌 그 오지랖이 문제야. 그거 땜에 덤터기 쓴 게 한두 가지야? 동업하다 알거지 된 걸로도 모자라 다리까지 그 모양 돼놓고선."

"형은 또 그 소릴 해요? 이미 다 끝난 걸."

"싹 빼돌려 튄 놈이야 어쩔 수 없다 치고. 몸 상하게 한 그이가 네 신세보다 못하겠냐? 아직도 그이 용역 하청일 계속한다며? 지금이라도 쫓아가서 수술 더 시켜달라고 해."

"그 사장님도 부도 몇 번 맞고 집안 꼴이 말 아네요. 딴 악덕 사장들처럼 꽁꽁 숨겨놓고 아닌 척하는 거 아니라니까. 괜히 나까지 다치는 바람에 오히려 미안할 지경이구먼. 또 거기 사모님, 대장암 걸렸어. 수술만 하면 가능성이 있나 본데 돈 없어서 못 하는 거 같더라고. 난 죽는 건 아니잖아. 은행엔 내가 후딱 다녀올게요."

"너 땜에 내가 미친다. 유난 떨지 말고 내 말대로 얘 시켜.

고물 모터들 저쪽에 몇 개 빼두었으니 그거나 치우고. 야, 나도 오늘 심히 바빠. 김포 공장에도 나가봐야 하고."

"으뜸아, 여기 사장님 바빠서 안 되겠다. 조심해서 네가 다녀와라. 졸라 여기다 놓고."

까무형의 얼굴이 식은 피자처럼 미적지근하게 변한다. 난 까무형과 눈을 마주치려고 해보지만 까무형은 벌써 일거리를 찾아 내 쪽을 보지 않고 있다. 이렇게 되면 어쩔 수 없이 내 선택만 남는다. 심부름을 하거나 까무형을 포기하거나. ……포기라고? 이깟 일로 까무형을 떠난다고? 내가 미쳤다. 수호천사 까무형을 두고 어딜 간단 말인가. 난 까무형한테 섭섭해지려는 마음을 깨끗이 접는다. 하지만 졸라를 여기에 놔두고 다녀올 순 없다. 난 배낭에 졸라를 꾹 집어넣고 지퍼를 잠근 뒤 등에 짊어진다. 혹시 모를 일에 대비해서.

서류를 가슴에 안고, 상가 직원의 아들이 심부름을 가는 것처럼 태연하게 통로를 걷는다. 콧노래도 흥얼거리는 척, 다른 가게의 기계들을 구경하는 척, 여유를 부려본다. 상가 통로야 그래도 안전지대지만 구치소와 가까운 찻길을 건널 일이 걱정이다.

드디어 큰 도로에 다다른다. 난 잠시 걸음을 멈추고 도로를 주시한다. 은행은 길 건너, 그것도 주차장을 가로질러야 하는 곳에 있다. 차들이 빼곡한 주차장에 검정 차 몇 대가 눈에 들어온다. 차마 발을 내딛지 못한다. 망설이는 시간이 길어진다. 그냥 돌아갈까, 대강 위치를 따져보니 주차장에서 구치소까지는 은행을 포함한 건물 두세 개만 지나면 된다. 지금 사채씨가 여기에 와 있다면 저 주차장에 차를 세워놓았을 텐데. 다리가 후들거려 도저히 나가지 못하겠다. 고개를 돌리는데 아, 하마터면 주저앉을 뻔했다. 아까는 전혀 보지 못했다. 통로 바닥에 떨어져 있는 발에 밟힌 전단지…… 졸라의 사진이 분명하다. 난 허겁지겁 그걸 집어 든다. 제보하는 사람에겐 천만 원을 사례하겠다는 내용이다. 다행히 내 사진은 없다. 있을 턱이 없지. 대신 내 인상착의가 자세하게 설명되어 있다. 키 155센티미터에 마른 편, 청색 반바지, 흰 바탕에 검정 줄무늬 셔츠, 청색 운동화. 사채씨 집을 나오던 날의 차림이다. 난 왈캉달캉하는 가슴을 겨우 누르며 전단지를 구겨서 주머니에 넣는다. 서류인지 심부름인지는 그만두고 빨리 이곳을 빠져나가야겠다. 막 뛰려는데 누가 뒤에서 배낭을 잡는다. 난 그 자리에 얼음 기둥처럼 얼어붙는다.

"너 동신 사장님이 보낸 애 아냐? 심부름 왔으면 빨리 전해줘야지 여기서 뭐하는 거야?"

동신? 고향형의 가게 이름이다. 난 서류를 그 사람에게 확 안기고 냅다 달리기 시작한다. 볼트 자루와 기계 더미와 박스 더미들을 휙휙 지나자 통로 사거리에서 지하 계단이 눈에 들어온다. 난 거기로 뛰어 내려간다. 어디론가 무조건 숨어들어야겠다는 생각이다. 근데 지하층에도 가게들이 주르르 늘어서 있다. 마침 트럭 하나가 짐을 다 싣고 출발하려는 중이다. 난 기사 아저씨한테 버스 정류장 있는 데까지만 태워달라고 사정한다. 발목을 삐어서 잘 걸을 수가 없다고. 늙은 기사는 심드렁하게 옆 좌석에 타라고 인심을 쓴다. 난 조심스레 트럭에 오른다. 가슴속에선 심장이 죽겠다고 발딱발딱 아우성이다. 졸라도 질세라 배낭 안에서 끙끙거린다. 기사 몰래 한 대 쿡 쥐어박는다. 전단지가 뿌려졌다면 몇 명이라도 봤을 거다. 아무한테도 졸라의 존재를 알려선 안 된다. 천만 원? 사례금 좋아하시네, 현상금을 졸라 많이도 걸었다. 바지 주머니에 구겨 넣은 전단지가 죄의 증거라도 되듯 움직일 때마다 허벅지를 쿡쿡 찌른다. 허벅다리 살이 뜨거워진다. 숨도 뜨거워진다. 무릎도 덜덜 떨린다. 아저씨, 제발 빨리 달려주세요. 아빠가 구치소 담장에서 걱정스럽게 쳐다보는 것만 같다.

트럭에서 내리자마자 골목으로 뛰어든다. 졸라를 살펴볼 틈도 없이 까무형의 동네를 향해, 죽어라 골목길을 내달린다. 당장은 구치소에서 멀리 벗어나야 한다는 생각뿐이다. 협상이 끝나기 전까지는 다시 이곳에 나타나지 않을 거다. 싸움에서

이기고 돌아와 승리의 휘파람을 불며 교도소 담장 아래와 목
련 나무 아래를, 무더기로 핀 흰 꽃 옆을 의기양양 지날 수 있
게 될 때까진 말이다. 그때는 제깟 것들이 나를 쳐다보며 잘난
척 까불진 못하겠지. 난 조금은 너그럽게 웃으며 그것들한테
까딱, 인사를 해줄 수도 있다. 사채씨와 줌마씨도 곧 알게 될
거다. 지금 하는 일이 완전 꽝, 허탕이라는 사실을. 차라리 코
앞에 있는 지휘 본부를 함락시키는 게 더 나을 텐데 그쪽은 더
이상 공격하지 않는 눈치다. 뭐, 쉽게 무너질 사령탑도 아니
지. 유경이 미션을 성공적으로 완수하기 위해 목숨을 던질 각
오로 벼르고 있으니까. 설마 나 혼자만의 생각은 아니겠지?

난 마이웨이 PC방에서 유경의 메일을 확인한다. 사채씨와
의 줄다리기는 이삼일 느긋하게 더 기다려야 할 거 같다. 유경
이 그랬다. 자기 또라이 아빠가 성질을 가라앉히려면 시간이
좀 필요한 거 같다고. 줌마가 흰 눈깔 팽팽 돌리며 죽는다고
나동그라져야만 생각이 바뀔 거 같다고. '돈이냐, 사랑이냐!
오, 돈이로구나!' 유경은 사채씨를 놓고 실컷 까불었다. '야,
울 아빠는 돈이 더 좋다는데! 줌마 별거 아니네.' 혼자 신 났다.
유경이 암만해도 줌마씨를 질투하는 거 같다. 아무튼 사채씨,
속 좀 끓여보세요.

까무형은 온다 간다 말없이 돌아와버린 나를 야단치지 않는다. 어떻게 된 거냐고, 그 사람을 봤느냐고 물을 뿐이다. 난 구깃구깃한 전단지를 손바닥으로 좍좍 펴서 까무형한테 내민다. 설명은 필요 없을 거 같아서다. 꼼꼼하게 살펴보던 까무형이 앞으론 일하는 데 따라오지 말라고 한다. 난 까무형을 덥석 껴안을 뻔했다. 와락 뽀뽀까지 해주고 싶다. 그러나 행동으로 옮기지는 않는다. 난 어리광쟁이가 아니니까. 까무형은 전단지의 글을 다 외어버릴 작정인지 전단지에서 눈을 떼지 않는다.

"근데 널 찾는다는 거니, 졸라를 찾는다는 거니? 좀 이상하지 않아?"

가슴 한쪽이 뜨끔하다. 그러나 내 순발력도 절대 만만치 않다.

"졸라 사진만 있어서 그랬을 거예요. 그 집 딸이 툭하면 핸드폰으로 졸라를 잘 찍었거든요."

"그래?"

난 더 묻지 않는 까무형이 고마워 슬그머니 형의 손을 잡는다.

태풍이 몰아친 날

   까무형을 쫓아가지 않으니 하루가 무척 길다. 손바닥만 한 방을 청소하는 데는 10분도 걸리지 않는다. 화장실 청소까지 해도 또 10분이다. 빨래를 해도 1시간이 넘지 않는다.

   심심한데 뒷산에나 가볼까. 운동복 차림의 아줌마와 아저씨들이 하나둘 집 뒤로 올라가는 걸 보니 나도 괜히 궁금해진다. 주인을 쫓아온 개들은 반대로 졸라에 관심을 갖는다. 졸라는 어쩐 일로 캉, 단 한 번의 대꾸만으로 인사를 받고 관심 없다는 듯 얼굴을 돌린다. 그 모습이 아주 건방지긴 했지만, 진짜 챔피언답게 도도해 보인다. 개들이 졸라한테 달라붙어 냄새를 맡기라도 하면 아예 거드름을 부린다. 시멘트 블록이나 엎어놓은 물통 위로 폴짝 뛰어올라 내려다보는 꼴이 얼마나 웃긴지 기가 찰 노릇이다. 더 웃기는 건 다른 개들이 졸라의 높은 자리를 인정한다는 거다. 진짜다. 다들 졸라를 우러르며 꼬리를 흔든다. 신기하기 짝이 없다. 졸라가 그렇게 멋있고 대단해 보이나. 윗집의 개들만 빼고. 어쩌면 윗집 개들도 졸라한테 관심이 있어서 그러는 건지도 모르겠다. 짖는 소리만으로도 보통의 개들과 다르게 느껴져서 말이다. 그랜드 챔피언이 아무 개나 되는 건 아닐 테니까.

졸라를 데리고 비탈길을 오른다. 윗집 할머니 집은 덮어놓은 천막 쪼가리들 때문에 금방이라도 펄럭펄럭 아랫동네로 날아갈 거 같다. 집이 오랜 병을 앓아 골골거리는 거 같기도 하고, 병든 몸을 뒷산에 기대고 할딱할딱 숨을 몰아쉬는 거 같기도 하다. 낡은 집과는 딴판으로 마당은 아주 건강해 보인다. 깨끗하고 푸르고 싱싱하고. 난 할머니네 마당을 기웃거린다. 대문이 없으니 그냥 고개만 뺀 거지만. 졸라와 나를 발견한 송아지만 한 개들이 집 뒤쪽에서 펄떡펄떡 뛰어오르며 요란스레 짖어댄다. 산을 등진 철조망 안에는 커다란 도사견들이 여러 마리 있다. 곧 집 안에서도 난리가 난다. '왈왈, 월월, 깡깡, 멍멍!' 사람들도 목소리가 각각 다르지만 개들도 짖는 소리가 다 제각각이다. 꽹과리를 몇 개 처대도 저것들보다는 덜 시끄럽겠다. 난 정신없이 한 발짝 뒤로 물러난다.

"이 상녀리 새끼들, 시끄러! 거기 누구여?"

"안녕하……세요?"

"누구? 으응, 접때 본 아랫집 애? 까무 총각은 일 갔고?"

그렇다고 대답하는데 다시 마당으로 시선이 간다. 암만 봐도 낡디낡은 집의 꾀죄죄한 할머니와는 어울리지 않는 풍경이다. 할머니가 남의 텃밭을 떡 차지하고 있는 느낌. 마당은 한눈에도 너무 깔끔하다. 할머니의 입은 저 도사견들만큼이나 거칠고 사나운데 성격은 무지무지 꼼꼼한가 보다. 고추와 가지, 오이들이 줄을 맞춰 주렁주렁하고 한구석에는 빨강, 노랑, 하양 꽃들이 만발이다. 갑자기 할머니가 다른 사람처럼 보인다. 아, 근데 할머니 집 안에 있는 강아지들은 되게, 되게, 시끄럽다. 저것들은 힘도 안 드나. 어느새 졸라는 텃밭을 구분해놓은 돌무더기에 보란 듯이 올라가 개 짖는 소리가 나는 쪽을 여유작작하게 둘러보고 있다. 모든 관심을 한 몸에 모으겠다는 폼이다. 어어, 자기보다 몇 배는 큰 도사견들한테 시선을 꽂고 느긋하게 바라보는 배짱까지 보인다. 난 무서워 죽겠는데 졸라는 아주 겁을 망각했다. 도사견들은 졸라의 시선에 감격한 듯 졸라를 향해 뛰어오르며 환호성을 지른다. 안에서는 얼짱 연예인을 쫓아다니는 삼촌팬처럼 제발 자기네한테도 관심을 달라고 아우성, 발악이다. 얘들이 정말 왜 이러지? 나 혼자만의 착각인 걸까?

할머니가 이 상녀리 새끼들이 오늘 미쳤나, 하며 긴 막대기로 도사견들에게 으름장을 놓는다. 놈들은 할머니의 서슬에 눌렸는지 흥분을 가라앉히며 슬그머니 잠잠해진다. 안에서도 눈치를 챘는지 조금씩 조용해진다. 그런데 개들이 얌전해지자, 이젠 제비들이 단체로 머리 위에서 시끄럽게 군다. 마구 지저거리며 머리 위를 휙휙 날고 야단법석이다. 졸라가 고개를 쳐들어 그들을 보더니 슬쩍 돌무더기에서 내려온다. 어쩐 일로 꼬리를 내리는 분위기다. 도사견보다 제비가 더 무서운 걸까? 고개가 갸우뚱해진다. 그러고 보니 제비들의 날갯짓에서 팽팽한 긴장감이 느껴진다. 나쁜 긴급 뉴스라도 물어 왔나. 꼭 어디서 적이라도 쳐들어온다고 알리는 것만 같다.

"태풍이 오려나, 왜 저것들이 저리 지랄들 허는 거여?"

할머니는 입만 열면 욕이 저절로 나오는 거 같다. 난 웃음을 참으며 하늘을 올려다본다. 할머니 말대로 서쪽 하늘이 먹구름으로 시커멓다. 당장이라도 갈기를 휘날리며 소용돌이칠 기세로 구름 둘레가 삐죽삐죽 날카롭다. 저게 태풍의 징조인가. 뒷산의 키 큰 나무들도 줄기 전체가 위아래로 출렁출렁 흔들린다. 뭔가를 온몸으로 대항해 맞서려는 몸짓이다. 눈앞엔 없지만 언제 덤벼들지 모를 무시무시한 괴물의 숨소리를 듣는 것처럼. 얼굴에 닿는 바람도 서늘하다. 태풍은 긴장과 서늘함과 불안감으로 시작되나 보다.

"밀어닥치기 전에 우선 먹을 걸 따둬야겠다. 까무 총각 일

갈 때 아들네 것도 따서 보낼걸 그랬네. 가는 길에 던져놓고
가게."

할머니가 텃밭의 야채들을 따면서 까무 총각과는 어떤 관계
냐고 묻는다. 우물쭈물하는데 할머니가 먼저 시원한 답을 내
려준다.

"친척 동생이여?"

네, 하는 소리가 지지배배 소리를 뚫고 하늘로 치솟는다. 날
아갈 거 같은 경쾌한 대답에 졸라가 캉캉 짖는다. 그 소리에
방에서는 왈왈, 또 환호를 보내기 시작한다.

"저 상녀리 새끼들, 또 지랄허네. 나 귀 안 먹었으니까 앞으
론 살살 말혀. 고추허고 푸성가리 좀 나눠줄 터니 총각 일 갔
다 오면 같이 먹을려?"

난 고개를 끄덕이며 나도 모르게 입이 벌어진다. 할머니한
테 밥 짓는 거랑 반찬 만드는 걸 배워서 저녁 준비를 해놓아야
지. 까무형한테 고마움의 표시로. 난 까무형과 사는 게 너무
좋다. 까무형네서는 특별난 음식이 아니더라도 뭐든지 목구멍
으로 꿀떡꿀떡 잘도 넘어간다. 참 희한한 일이고 미안한 일이
다. '비밀의 성'에다 잊지 말고 써놓아야지. '까무형한테 반드
시 은혜 갚기, 맛있는 거 많이 대접하기, 다리 수술시켜주기,
트럭 사주기.' 이런 것들을 다 지키려면 이담에 돈을 많이 벌어
야겠지? 음, '나중 일은 나중에 생각하기.'

할머니 집에서 내려와보니 옆방의 검도씨는 또 제비 둥지와 씨름하고 있다. 자기 방 쪽 것만 부순다더니 웬일로 오늘은 우리 쪽에 있는 걸 부수려고 한다. 까무형이 보면 많이 속상해할 텐데. 이 아저씨는 직업이 없나? 낮부터 술 마시고 제비들만 못살게 굴고 있으니 참 이해가 안 되는 어른이다.

"이것들이 어디다 똥질이야, 똥질이!"

아, 저건 새끼들이 있는 둥지인데. 마침 받침대가 없는 둥지다. 검도씨가 죽도 끝으로 둥지 아래를 쿡쿡 치자 새끼 두어 마리가 엉겁결에 날아올라 둥지 앞 전깃줄로 이동한다. 어미가 먹이로 새끼들을 유인하던 전깃줄에 자기도 모르게 무사히 날아간 거다. 어미는 먹이를 구하러 갔는지 보이지 않는다. 아니면 태풍을 예보하러 다른 집에 몰려갔거나. 죽도 끝이 둥지 아래를 다시 치기 시작한다. 남은 새끼 두 마리가 둥지 가에 올라앉아 찢어지는 소리를 내며 떨어질 듯 휘청거린다.

"하지 마세요!"

"쪼끄만 너까지 참견하지 않아도 심히 괴로운 인생이니 말 시키지 마라."

검도씨가 나한테 화풀이라도 하듯 이번엔 힘을 다해 둥지를 후려친다. 충격에 둥지 반쪽이 툭 떨어져 나가면서 겨우 새끼 하나가 전깃줄로 파드득 자리를 옮겨 앉고, 한 마리는 돌멩이 떨어지듯 바닥으로 처박힌다. 언뜻 보기에도 다른 놈들보다

몸집이 작다. 아직 날갯짓을 할 만큼 자라지 못한 게 틀림없다. 아, 다행히 죽지는 않았다. 새끼가 파닥파닥 나뒹구는 걸 보며 난 바닥이 꺼져라 방방 뛰고, 졸라는 나보다 더 흥분해 깡깡깡깡, 미친 듯 난리를 친다.

"시끄러!"

"살인자!"

나도 모르게 튀어 나간 말이다. 뱉는 순간 나도 잘못 말하고 있다는 걸 깨닫는다.

"내가 사람이라도 죽였냐? 하이고, 누굴 죽이기라도 해봤으면 좋겠다."

검도씨는 죽도를 손바닥에 탁탁 치며 자기 방으로 가버린다. 난 발만 동동 구르다가 할머니가 준 야채 봉지를 내던지고 조심조심 새끼 제비한테로 다가선다. 새끼는 어떻게든 날아보려고 버둥거리지만 날개를 다쳤는지 계속 나동그라지기만 한다. 살며시 두 손으로 들어 올리자 고통스러운지 찟, 찟, 찟, 찟, 날카롭게 비명을 지른다. 단지 똥을 좀 싼 것뿐인데. 목숨까지 위협받을 일은 절대 아닌데. 같은 인간으로서 부끄럽고 화가 나서 견딜 수가 없다. 뭐, 저딴 어른이 다 있지? 제비가 인간을 괴롭히면 얼마나 괴롭힌다고. 받침대를 대주는 까무형을 공격하기는 했지만, 새끼를 지키려는 어미 제비에 비하면 그 이유가 옹졸하고 쩨쩨하기 짝이 없다. 인간이 좀 조심하면 될 걸 꼭 저따위 폭력을 휘둘러야 할까? 제비보다도 못한 인간! 흥부전도 안 읽어봤나? 부러진 다리를 고쳐주진 못할망정 멀쩡한 제비를, 그것도 날지도 못하는 어린 제비를 불구로 만들어놓다니! 미안한 얘기지만 그 심보로 계속 살면 저 아저씨 인생도 별 볼 일 없이 끝날 게 뻔하다.

주위를 둘러보지만 마땅히 둥지로 쓸 만한 게 없다. 난 손에 새끼를 받친 채로 가만가만 방으로 들어간다. 다행히 구석에 빈 상자가 있어서 그 안에 조심스럽게 넣어준다. 울음을 멈춘 새끼의 갈색 눈이 나를 가만히 들여다본다. 그 눈이 세상은 왜 이리 무서운가요, 하고 묻는 것만 같다. 난 그 물음에 뭐라 대답해줄 수가 없다. 이제 이 새끼는 영영 날 수 없는 건가. 그럼 엄마 아빠를 따라 강남도 못 가는 거야? 먹이는 누가 물어다 주지? 형제 제비들은? 갑자기 새끼가 너무너무 불쌍해진다. 누구는 엄마 아빠 따라 오순도순 따뜻한 곳으로 떠나고 누구는 이곳에 남아, 혼자 지지배배 울고. 나하고 처지가 똑같다. 그래도 난 스스로 선택해서 남기로 한 거지만, 새끼 제비는 원하지도, 바라지도 않았는데 가족들과 억지로 떨어져 지내야 한다. 구치소에서 하루하루를 손꼽으며 지내는 걸, 아빠가 선택하지 않았듯. 저 나쁜 검도씨는 자기도 외롭게 지내면서, 자긴 어른인데도 힘들다고 앙앙거리면서. 새끼 혼자 어떻게 살라고……. 나도 이렇게 힘든데.

난 태풍을 몰고 오는 하늘처럼 우울한 마음으로 저녁을 준비한다. 할머니가 시킨 대로 상추와 쑥갓, 고추를 씻어놓고 할머니가 준 된장을 작은 종지에 떠놓고 호박을 식용유에 지지고 오후 내내 까무형을 기다린다. 새끼 제비는 가끔 꾸르르, 소리를 내며 죽은 듯 웅크려 있고 졸라는 몇 번 야단을 치자 챔피언답게 제비한테서 관심을 거둔다. 전깃줄에 앉았던 새끼들은 보이지 않고 어미 제비만 무너진 둥지 앞을 떠나지 못해 주위를 빙빙 돌고 있다.

하늘이 기어이 먹구름을 땅에 내려놓았는지 저녁도 오기 전에 벌써 세상이 컴컴해진다. 빗방울까지 뿌려지자 제비들도 잠잠해지고, 이젠 둥지 잃은 어미도 보이지 않는다. 뒷산을 오르는 사람들도 없다. 까무형은 지금 어디만큼 왔을까? 굳게 닫힌 출입문이 저도 무섭다고 앙탈을 부리는 거 같다.

까무형은 다친 새끼 제비를 보자마자 검도씨 방으로 달려가 한바탕 소리 지른다. 꼭 저렇게 해놓아야 했느냐고. 이제 속이 시원하냐고 마구 소리친다. 검도씨는 꼭 그렇게 하려던 건 아니었다고, 딴 놈들처럼 잽싸게 피하지 않은 그놈 잘못도 있는 거라고, 치사하게 말도 안 되는 변명을 늘어놓는다. 까무형이 문을 확 젖히며 돌아서고, 검도씨는 젊은 놈이 버르장머리 없이 군다고 구시렁대며, 다툼이 싱겁게 끝난다. 새끼를 조심조심 살펴본 까무형은 다행히 한쪽 날갯죽지만 다쳤다며 부랴부라 상처 난 곳에 연고를 발라준다. 날 수 있겠느냐는 질문에 까무형이 다친 날개를 들었다가 조심스레 놓는다. 날개는 빠져버린 팔처럼 힘없이 축 늘어지고 만다.

"아무래도 나는 건 불가능할 거 같다."

그럼 까무형처럼 평생 장애를 가지고 살아야 하는 걸까? 으, 나쁜 검도씨! 새가 날지 못한다면 그건 뭘 뜻하나. 땅에서 걸어 다녀야 한다는 것. 닭처럼 흙바닥에서 먹이를 찾아야 한다는 것. 여름 철새가 겨울의 추위를 견뎌야 한다는 것. 무엇보다 나처럼 가족과 떨어져 지내야 한다는 것. 어쩌면 영원히……. 나도? 아니, 난 곧 아빠와 살게 될 거니까. 내일부터 새끼의 먹이를 구해봐야겠다. 내가 여기 있는 동안은 어미처럼 잘 보살펴 줄테다. 나중에 아빠의 허락을 받고 내가 데려갈 수도 있다.

비바람을 몰고 진짜 어마어마한 태풍이 왔다.

새끼 제비의 신음을 들으면서 까무룩 깊은 잠이 들었는데, 윗집 할머니가 태풍과 함께 달려와 우리 두 사람과 검도씨를 태풍처럼 깨웠다.

"개새끼들 다 죽어가! 어여 어뜨케 좀 해봐!"

"후레쉬, 후레쉬!"

손전등을 찾아 든 까무형이 쩔름거리며 뛰쳐나가고, 이런 날에 개새끼를 어쩌란 거냐고 투덜거리면서도 검도씨가 뛰쳐 나오고, 나도 놀라 반사적으로 뛰어나간다. 문밖을 나서자마 자 거센 바람을 업은 빗줄기가 세 사람을 거꾸러뜨리려고 바 락바락 덤벼든다. 몸이 자꾸만 뒤로 밀린다. 졸라는 쫓아 나오 려다, 바깥 상황에 움찔 놀라 이불 위로 도망쳐버린다.

"으뜸이 넌 들어가 있어!"

사나운 빗줄기 속에서 까무형이 소리친다. 어느새 까무형과 검도씨는 손전등을 앞장세워 어둠을 뚫고 있다. 할머니도 그 뒤를 넘어질 듯 따른다. 나도 몸을 옹크려 할머니 뒤에 바짝 따라붙는다. 비바람 때문에 눈을 뜰 수가 없다. 할머니가 비칠 비칠 나아가며 앞선 사람들 들으라고 시커먼 어둠을 향해 울 부짖는다.

"큰 놈들 쪽을 봐! 산이 무너진 거 같아!"

큰 놈이라면 도사견들? 가슴이 벌렁벌렁 뛴다. 아까 낮에 누 가 더 멋있게 보이나 펄쩍펄쩍 뛰어오르던 개들이, 이 짧은 순 간 꼴까닥 죽을 수 있다는 게 믿기지 않는다. 믿을 수 있는지 없는지는 두고 보라는 듯 비바람이 계속 악으로 달려든다. 더 듬더듬 나아가던 할머니가 더는 이기지 못하고 앞으로 고꾸라 진다. 난 할머니를 일으켜 부축한다. 바람 역시 조금도 양보할 마음이 없다며 이번엔 두 사람을 한꺼번에 넘어뜨릴 기세로

악을 부린다. 하지만 태풍이란 놈이 나와 할머니를 너무 얕잡
아 본 거다. 나, 김으뜸은 호락호락하지 않거든. 버티기 대왕
이거든. 할머니의 깡 역시 보통은 넘을 거라 믿는다. '상녀리
새끼'는 아무나 할 수 있는 욕이 아니니까. 우리는 일심동체가
되어 태풍에 대항한다. 결국 놈이 주춤주춤 밀리며 우리는 한
발짝씩 나아가고 있다.

"저것들 잘못되믄 안 되는디. 아들허고 손자 놈 양식인디.
절대 죽이믄 안 되는디."

할머니의 울음 섞인 걱정이 바람 소리에 묻혀 사라진다. 난
죽을힘을 다해 할머니를 앞으로 밀어붙인다.

"안 돼! 그냥 포기해!"

검도씨의 목소리가 비바람을 뚫고 위쪽에서 어렴풋이 날아
온다. 할머니와 나도 발걸음에 힘을 더 쏟는다. 마당으로 올라
서자 손전등이 어둠을 비추는 가운데, 까무형이 혼자서 죽어
라 삽질을 하고 있다.

"포기하자니까! 벌써 다 숨 끊어졌어."

"어뜨케 된 거여?"

할머니가 자지러지게 소리친다. 그제야 까무형이 삽질을 멈
추고 돌아본다. 검도씨가 삽질하던 자리를 손전등으로 크게
휘둘러 비춘다. 철조망은 온데간데없고 산에서 흘러내린 벌건
흙더미만 큰 무덤처럼 쌓여 있다.

"아이고, 이를 어찌허냐? 진짜루 산이 무너진 거여?"

할머니가 허겁지겁 달려가는데 순간 커다란 검은 그림자가 까무형 쪽을 들이덮친다. 까무형을 불러낼 새도 없다. 검도씨가 순간이동 하듯 아슬아슬하게 비켜서고 까무형은 할머니를 밀치며 슬라이딩으로 몸을 던진다. 할머니가 내 앞에서 엉덩방아를 찧으며 나자빠지고 까무형은 신음과 함께 엎어진 채 꼼짝 못 한다. 그제야 우리는 까무형한테로 달려간다. 엄청나게 큰 나무가 산 쪽에서 쓰러져 까무형의 다리를 누르고 있다. 부리나케 검도씨와 내가 까무형을 잡아 빼는데 흙으로 뒤범벅된 까무형이 인상을 쓰며 조심하라고 소리 지른다.

갑자기 마당으로 오토바이 불빛이 나타난다. 밝은 빛 안으로 성난 빗줄기가 미친 듯 춤을 춘다. 시동도, 헤드라이트도 켜놓은 채 오토바이에서 뛰어내리자마자 사육장 쪽으로 달려가는 건 저번에 봤던 할머니의 아들, 개사장이다.

"혹시나 해서 달려왔더니만 엄니는 미리 손써놨어야지. 증말 이게 뭐요?"

"이미 쏟아져 내리는 걸 이 늙은 몸뗑이로 받치고 서 있어?"

"에이, 빌어먹을!"

"지금 나헌테 헌 말이냐?"

"말꼬리나 붙잡고 늘어질 줄 알지 안전한 데로 옮길 궁린 왜 못 하는 건데?"

할머니가 이 호로자식 곁은, 하는데 검도씨가 지금 뭣들 하는 거냐고, 사람이 나무 밑에 깔린 게 안 보이느냐며 소리를 버럭 지른다. 웬일로 인정머리 없는 검도씨가 바른 소리를 다 한다. 까무형이 혼자서라도 다리를 빼보려고 팔을 앙버텨 끙끙 힘을 쓰고 있다. 그걸 보고 개사장이 달려들어 검도씨와 같이 나무를 들어보지만 뿌리째 넘어진 나무는 꿈적도 않는다. 할머니가 그 사이 집에 뛰어 들어가 톱을 갖고 나온다. 굵은 줄기들이 쓱쓱 싹싹 잘려나가고 까무형의 다리는 곧 자유를 찾는다. 하지만 하필이면 다친 다리를 눌렸는지 비바람이 몰아칠 때마다 다친 발에 힘을 주지 못하고 쩔쩔맨다. 검도씨가 달려들어 까무형을 부축하며 소리친다.

"개새낀 이제 포기하고 집이나 괜찮을지 확인해봐요! 난 총각 데려다 놓고 올 테니. 이게 뭔 난리야."

"아니에요. 전 여기 있을 테니 사장님이랑 집 뒤쪽 먼저 살펴보세요. 여차하면 강아지들 우리 방에라도 데려다 놓게요."

까무형과 나는 더욱 거칠어진 빗줄기 속에 주저앉고, 검도씨는 성인군자가 따로 없네, 구시렁대면서 개사장과 함께 뒤껼으로 사라진다. 나도 갑자기 졸라가 걱정되어 자리에서 벌떡 일어난다. 지금 얼마나 오들오들 떨며 놀라고 있을까. 새끼 제비도 무서워하고 있을 거다. 거센 바람이 머리를 풀어 헤치고 빗줄기를 획획 뿌리며 내 발길을 위협한다.

조금만 더 힘내

제비들이 경고한 대로 태풍은 뒷산 나무들과 할머니의 도사
견, 천막 쪼가리, 까무형네 처마 슬레이트를 단번에 날려버렸
다. 무엇보다 더 심한 건 까무형의 다리뼈를 기세 좋게 부러뜨
려놓았다는 거다. 느지막하게 일어나 보니 까무형은 벌써 병
원을 다녀왔는지 발목부터 종아리까지 깁스를 하고 목발을 짚
은 채 절뚝거리며 태풍 피해의 뒷수습을 하고 있었다. 아마도
까무형은 다친 다리와 평생 친하게 지내지 못할 거 같다. 다친
다리를 또 다쳤으니까. 설상가상, 엎친 데 덮쳤다는 게 바로
이런 걸 두고 하는 말인가.

부러진 건 까무형의 다리만이 아니었다. 할머니가 공들여
키운 예쁜 꽃들과 텃밭의 푸른 야채들도 목이 꺾이거나 몸통

이 부러지거나 아예 뿌리째 뽑혔다. 다행히 할머니의 집은 뒷산의 나무뿌리들이 흙을 단단히 움켜잡아준 덕분에 무사했다. 그러나 집 앞의 길은 깊고 구불구불한 고랑만 남긴 채 감쪽같이 사라져버렸다. 그 탓에 개사장은 이제 오토바이를 타고 이곳에 오를 수가 없게 되었다. 나도 오늘은 작전 본거지인 마이웨이로 가볼 엄두를 내지 못해 속을 태운다. 인내심을 갖고 이삼일 기다리자고 마음먹었지만 걱정과 궁금증까지 어쩌지는 못한다.

내가 마이웨이에 가보지 못하는 데는 할머니가 개를 잡아 벌이는 잔치도 한몫했다. 살아 있는 개가 아니고 어젯밤 죽은 도사견 말이다. 오늘 아침, 흙더미 밖으로 삐져나온 누렁이의 뒷발을 발견하고 허겁지겁 건져냈단다. 엄격히 말하면 사체를 파낸 거지만. 할머니가 한 마리를 찾았다고, 구했다고, 건졌다고 좋아하니까 구태여 딴죽을 걸고 싶은 마음은 없다. 나머지 개들은 발끝도 주둥이도 꼬리도 보이지 않아, 무덤 삼아 그냥 그곳에 묻어놓기로 했단다. 모두 아홉 마리라고 했다. 개사장은 백만 원 넘는 돈을 허공에 날려버렸다며 되게 억울해했다.

겨우겨우 끄집어낸 도사견을 할머니의 제안으로, 개사장의 찬성으로, 검도씨의 맞장구로, 까무형의 떨떠름함으로, 나의 소스라침으로, 다리 네 토막과 머리와 갈비로 해체돼 지금 마당 큰솥에서 된장 몇 숟갈과 함께 바글바글 끓고 있다. 어젯밤 우리가 애써준 일에 대한 감사의 인사란다. 그런 예의는 안 차려도 좋은데. 난 할머니를 부축해준 것 말고는 별로 한 일도 없는데. 그냥 마트에서 삼겹살이나 조금 사다가 구워주지. 그러고 보니 삼겹살이 먹고 싶다. 엄마는 삼겹살을 구울 때면 언제나 거실에 신문지를 넓게 깔고 휴대용 가스레인지를 썼다. 야외에 소풍을 간 것처럼 바닥에 둘러앉아 물리도록 먹곤 했는데. 생각만으로도 입안에 침이 고인다. 그런데 가슴에선 서늘한 바람이 회오리친다. 그리움일까? 삼겹살 생각은 괜히 해서 기분만 나빠진다.

　난 먹지 않겠다고, 뒷산에서 놀다 오겠다고 하는데도 할머니는 기어이 나를 붙잡아놓는다. 그렇게 죽은 도사견이 아까우면 할머니가 두 그릇, 세 그릇 더 먹으면 될 텐데. 할머니는 비바람에 엉망이 된 부추를 가져다주며 이거 다듬어라, 마늘을 까라, 아예 나를 요리사 보조로 부려먹는다. 여기 있어봤자, 난 절대 개고기는 안 먹을 건데, 더구나 죽은 개를…… 강제로 먹인다고 해도 다 토해버릴 건데 왜 그러는지 모르겠다. 이건 보답도 아니고 거의 생떼다. 까무형도 먹을 눈치가 아닌 거 같은데 계속 자리를 지킨다. 내가 일어나고 싶어서 엉덩이를 들썩거리자, 할머니의 마음이니까 그냥 옆에 있으라고 말리기까지 한다. 까무형의 이런 행동을 어떻게 이해해야 할까. 어른들의 세계는 참 복잡하고 어렵다.

졸라도 자기 종족이 된장 냄새가 팍팍 풍기는 지옥 열탕에서 고통받는 줄은 아는지 솥 주위엔 얼씬거리지도 않는다.

"야, 일루 와봐. 쟤 이름이 뭐냐?"

개사장이 졸라를 부르다가 나를 쳐다보며 묻는다. 졸라는 뒷걸음을 치며 그한테서 멀찌감치 달아난다. 까무형과 할머니한테는 졸랑졸랑 따르기도 하는데 검도씨나 개사장이 부르면 저승사자라도 본 듯 힐긋힐긋 흰자위를 보이며 피해버리는 게 참 이상하다.

"쟨 오라는 말을 가란 말로 알아듣나? 야, 일루 와보라니까."

검도씨가 제비집을 부쉈던 죽도 끝으로 땅바닥을 툭툭 치다가, '졸라!' 하고 부른다. 하이고, 센스는 있어가지고. 언제 졸라 이름을 다 기억해두었을까. 그의 관심이 조금도 반갑지 않다. 난 새끼 제비가 들어 있는 상자를 일부러 검도씨 앞쪽으로 밀어놓는다. 양심에 찔려보라고. 혼자 집에 두기가 불쌍해서 데리고 왔다. 검도씨는 제비를 못 본 척한다. 충분히 예상한 반응이지만 괘씸해 죽겠다. 저런 사람도 인간이라고 부를 수 있을까. 다른 종으로 분리해서 다르게 불렀으면 좋겠다. '두 발 짐승 영장류'라든가, 뭐 그딴 거로 말이다. 고작 대나무로 만든 검 하나 들고 잘난 척이나 하고. 오직 인간이라는 권리로 말이다. 죽도는 왜 여기까지 들고 왔을까? 또 못마땅한 게 있으면 후려치려고?

"졸라? 이름이 졸라구먼. 졸라야, 이리 와봐. 컴 온! 컴 온!"

컴 온, 소리에 텃밭 돌무더기에 올라 거만하게 아래를 내려다보던 졸라가 후닥닥 주위를 둘러본다. 줌마씨를 떠올린 걸까? 귀를 쫑긋 세운 두 눈이 검게 빛난다. 분홍빛 혀를 살짝 내보이며 입도 해 벌리고 있다. 저건 줌마씨가 간식을 준비해줄 때 넋을 잃고 쳐다보던 그 표정인데. 갑자기 졸라한테 미안해진다.

"컴 온!"

역시 애완견 센터 사장님은 뭐가 달라도 다르다. 졸라가 보인 반응을 알아채고 즉각 그걸 이용한다. 부드럽게 억양을 살려서 계속 컴 온, 컴 온, 부르며 졸라를 유인하기 시작한다. 졸라가 주춤거리다 판단이 서지 않는지 개사장을 피해 멀리 돌아 나한테로 온다. 고개가 푹 꺾이는 게 개한테도 실망감이라는 게 있는 거 같다. 눈에도 힘이 풀려 있다. 줌마씨에 대한 그리움이 몽실몽실 피어나나 보다. 걸음도 느릿해진다. 내가 교도소의 목련 나무 아래를 터벅터벅 지날 때처럼. 졸라의 지금 기분을 골백번도 더 이해할 수 있다. 소중한 걸 잃어본 사람만이 알 수 있는 그 텅 빈…… 진짜 미안해 죽겠다.

"너 이거 언제부터 키웠냐? 혈통 있어 보이는데."

목욕을 시키지 못해 꼬질꼬질하지만 졸라는 아직도 공주 티가 난다. 뭐랄까, 맵시나 자세 같은 데서 우아함이 배어난다.

원래 털 색깔도 특별하지만. 새까만 몸통에, 눈썹과 수염, 가슴팍과 네 다리와 귓속과 꼬리 아래가 새하얀 털로 소복해, 꼭 공장에서 정확히 재단해서 만들어낸 봉제 인형 같다. 어떻게 저렇게 깔끔하게, 완전한 대칭으로, 완벽하고 아름답게 태어날 수 있을까 할 정도다. 인간으로 치자면 팔등신으로 쭉 빠져, 조화를 가장 잘 이룬 몸이랄까.

"야, 이거 새끼 낳게 하자. 아저씨가 잘생긴 놈 하나 물색해볼게."

느닷없이 검도씨가 개사장한테 애완견 사업은 돈이 좀 되느냐고 묻는다. 개사장이 뭐 이런 일로 떼돈을 벌겠느냐고, 세끼 밥 먹고 살고, 빚지지 않으면 큰 다행이라고 투덜댄다. 그러면서 시선은 계속 졸라한테 꽂혀 있다. 전에는 어떤 일을 했었느냐고 검도씨가 또 묻는다. 그 말에 개사장이 검도씨 얼굴을 똑바로 쳐다본다. 뭐 그딴 걸 물어보느냐는 마땅치 않은 표정이다. 하지만 신경전을 포기한 듯 시선을 돌리며 건축설비업을 했었다고 내뱉는다. 건축 경기가 나빠지면서 부도에 부도, 거래 업체들이 연쇄 도산하면서 깨끗이 항복했다고, 보다시피 먹고사는 일이 첩첩산중이요, 한다. 형씨는 무슨 일 하시오? 나처럼 공사판 인생은 아니었던 거 같은데, 개사장이 묻자 검도씨가 자기는 '증권맨'이었다고 대답한다. 꽤 잘나가는 펀드매니저였는데 외환 위기 때 손실을 배상하느라 쪽박을 찼다고, 그때부터 추락에 추락을 거듭했다고, 더 떨어질 데가 없다고, 아니 일할 데가 없다고, 제발 아무거나 일이 좀 있었으면 좋겠다고, 한숨을 쉬며 무슨 수가 있겠지요, 한다.

난 검도씨의 말을 들으면서 나쁜 심보를 가진 사람한테 누가 일을 주겠나, 고거 쌤통이다, 생각하다가 혹시 일을 안 줘서 심보가 나빠졌나 하는 생각이 들어 마음이 움찔한다. 모르겠다. 어른들의 세상은 이해 못 할 것투성이니까. 한숨과 같이 밀려 나오듯 검도씨가 고장 난 수도꼭지처럼 미국에 가 있다는 아이들 얘기를 줄줄 털어놓는다. 큰놈이 쓰던 거라며 죽도를 번쩍 쳐드는 검도씨의 눈이 반짝 빛난다. 그 아들놈이 왕따 때문에 학교를 안 다니겠다고 엄청 뻗댔는데, 형제 둘 다 미국에서는 적응을 너무너무 잘한다고, 그래서 아이들 엄마가 이젠 한국에 들어올 수 없다고 한단다. 그 끝에 또 한숨이 따라 나온다. 이번엔 검은 연기 같은 긴 한숨이다. 검도씨의 자랑과 한숨은 어떻게 이해해야 할까? 또 아들의 죽도를 들고 다니는 마음과 그걸로 제비 집을 부수는 마음은 또 무엇일까? 개사장이 이곳까지 온 형씨 인생도 팍팍할 거란 짐작은 했다면서 미국에 간 마누라 단속 잘하라고, 계집들은 하나같이 달면 삼키고 쓰면 뱉는 족속이라며 텃밭으로 침을 찍 뱉는다. 쓰면 뱉는 족속? 가슴이 벌렁거린다. 얼굴도 화끈거린다. 설마 우리 엄마를 두고 하는 말은 아니겠지? 난 답을 알지 못한다. 아무것도 생각하고 싶지 않다. 검도씨가 어차피 여기서도 밑바닥 인생, 그러잖아도 항공료만 마련되면 미국으로 가버리려고 생각 중이란다. 그땐 아들놈의 죽도를 이놈의 한국 땅에 '왕따시키고' 갈 거라고 눈을 부릅뜬다. '내가 이걸 보며 이를 갈았습니다. 힘들면 아이를 생각했지요. 참, 사모님은?' 하고 조심스레 묻는다. 개사장은 그만하자는 듯 손을 젓더니, 다시 졸라와 나에게로 관심을 돌린다.

"야, 용돈 넉넉히 줄 테니까 한 번만 빼자. 십만 원, 아니 내가 선심 썼다. 크게 삼십만 원 줄게."

제발 그 '야, 야' 소리 좀 하지 않았으면 좋겠다. 또 빼긴 뭘 빼나. 그리고 크게 선심 써서 삼십만 원이라고? 정말 웃긴다. 뭘 몰라도 되게 모르고 있다. 삼백, 삼천이라도 사절한다. 그런 돈이 얼마큼 큰돈인지는 잘 모르겠지만, 제발 부탁이니 졸라한테 침 흘리지 마시라고요! 이상하게 여기 있기가 싫더니 나한테도 예감이란 게 있었나 보다. 졸라한테 눈독 들이는 개사장의 눈초리가 싫었던 거다. 난 까무형에게 PC방에 다녀오겠다고 졸라를 안고 일어선다. 당연히 새끼 제비도 챙긴다. 하지만 제비를 데리고 PC방에 갈 수는 없으니 방에 갖다 놓고 갈 거다. 검도씨 눈에 띄면 또 어떤 해코지를 당할지 모르니까. 돌아오는 길에 특식으로 벌레나 잡아다 줘야지. 개사장이 '야, 오십은?' 하며 계속 값을 올린다. 개를 사는 값도 아니고 빌려주는 값이 그렇다는 건가? 그럼 새끼는 자기가 다 갖겠다는 거고? 도둑, 개사장님! 어린애라고 아무것도 모를 줄 알겠지만 나도 그 정도는 안다. 왜 사채씨가 졸라한테서 새끼를 낳게 하자고 줌마씨를 윽박질렀던 건지, 그렇게만 하면 뉴욕 도그쇼에도 보내주겠다고 왜 약속한 건지. 강아지 값이 엄청나게 비싸다는 뜻 아닌가.

검도씨는 개사장에게 저 개새끼가 그토록 비싼 거냐고 묻는다. 으이구, 저 아저씨도 정말 싫다. 개사장은 원래 좀 비싼 종자인데 그중에서도 저놈은 아주 잘생겨서 값이 많이 나갈 거라고 대답한다. '야, 화끈하게 백, 백이야!' 그 말을 들은 까무형이 그만하라며 말린다. 으뜸이, 엄마 아빠와 떨어지고 나서 졸라한테 의지하며 지내는데, 쉽게 자기 품에서 떼놓으려 하지 않을 거라며 그들을 설득한다. 까무형, 고마워요. 그리고 미안해요. 진짜로 졸라가 내가 키우는 개였으면 얼마나 좋을까. 그러면 까무형 보기가 떳떳할 텐데. 형이 잘해줄 때마다 두근두근, 콩닥콩닥 마구 불안해지지도 않을 텐데.

학교가 방학이라 마이웨이 PC방은 만원이다. 영어, 수학, 논술 학원 들이 PC방과 나란히 같은 층에 있는데, 아이들이 학원을 빼먹고 다 여기로 몰려온 거 같다. 이곳에만 지난밤의 태풍이 비켜 간 것처럼 모두들 태평하다. '태풍? 어느 나라 일이야?'라고 아이들이 묻는 거 같다. 너희들은 아무 일 없어서 정말 좋겠다. 게임에 빠져 신 나게 자판을 두들겨대는 아이들의 손가락이 꿈처럼 몽롱하다. 그러다 퍼뜩 정신을 차린다. 난 여기 있는 애들과는 입장이 다르다. 갑자기 아이들의 눈이 뒤통수로 이동하는 거 같다. 그 눈들이 일제히 말한다.

'넌 네 할 일이나 해.'

……나도 너희가 하나도 부럽지 않아.

우리 엄마는 학원 옆에 PC방이 있으면 질겁했다. 같은 건물에 있으면 아예 악마의 소굴쯤으로 여겼고, 길에서 보기만 해도 달가워하지 않았다. 근데 왜 마음이 쓸쓸해지는 걸까? 학원은커녕 학교조차 못 다니고 있다는 거랑 PC방에 가지 말라고 말려줄 엄마가 옆에 없다는 것 때문에?

그래도 아빠만 나오면,

그날을 위해,

아자! 아자!

'위험'이란 제목의 메일이 도착해 있다. 유경이가 보낸 거다.

사채씨가 유경이한테 나와 내통하는 걸 다 알고 있다고 대놓고 말했단다. 그러니 나에게 분명히 전하라고 했다고. 너희 아빠한테 네가 졸라를 훔쳐서 도망갔다는 얘기도 다 했고, 당장 졸라를 데리고 나타나지 않으면 경찰에 신고해 지명 수배를 내릴 거라고 했다고. 지명 수배? 그럼 내가 진짜 범죄자가 되는 건가? 사채씨가 정말로 나를 신고할 수 있을까? 자기 딸 유경이까지 같이 공모했다는 걸 알면서? 나를 그렇게 때렸으면서? 그냥 엄포일 거다. 이어서 유경은 나를 야단친다. 왜 구치소 근처에 있지 말라는 말을 안 들었느냐고. 어제 사설탐정 한테 붙잡힐 뻔했다면서? 거의 잡혔다가 도망쳤다면서? 그놈들이 사람을 더 보강해달라고 했단다. 그러면서, 어떻게 도망쳤느냐고 묻는다. 어이가 없다. 어른들은 진짜 웃기다. 그 사람들 영화 찍나? 어젠 그곳에 얼씬도 하지 않았는데. 돈을 더 받아낼 궁리인가. 그 이유 말고는 상상해낼 재주가 없다. 그래, 사기를 치든 거짓말을 하든, 사채씨 돈을 꽉꽉 빼앗아 가버리세요. 사채씨 쫄딱 망하게. 아, 그럼 유경이 때문에 안 되나. 그렇게 되면 우리 아빠도 더 궁지에 몰리는 걸까? 그럼 안 되지. 난 유경이한테 그곳에 간 적도 없으니 그놈들이 돈을 더 받아내려는 수작 같다고 친절히 설명한다.

잠시 후 새 메일이 도착한다.

줌마씨가 사채씨 없는 틈을 타서 자기에게 협상을 제의했단다. 지금 자기 옆에 있는데, 졸라를 한 번만 보여주면 줌마씨가 어떻게든 사채씨 몰래 합의금을 마련해주겠단다. 약속 장소를 정하면 유경이하고만 나오겠다고. 하지만 줌마씨가 사채씨한테 알리지 않는다는 걸 어떻게 믿을 수 있을까? 사채씨가 꼭꼭 숨어 있다가 짠, 하고 나타나면? 그 사립탐정인지 사기꾼들인지 그 사람들까지 우르르 몰고서. 그러면 난 꼼짝없이 붙잡히는 건데. 난 얼른 자판을 두들긴다. 졸라를 보여주는 것까지는 안 되고 목소리 정도는 들려줄 수 있다고. 줌마씨한테는 죄송하지만 사채씨를 설득해서 아빠를 구치소에서 빨리 나오게 해달라고. 졸라는 건강히 잘 있다고. 곧 답신이 온다. 그럼 줌마씨가 당장이라도 들려달라고 했단다. 난 공중전화를 찾아봐야 하니 좀 기다리라고 통보한다. 메일을 주고받는 시간이 길어지자, 졸라는 답답한지 자꾸만 뛰어내리려고 버둥거린다. 한 대 때려주고 싶지만 줌마씨가 모니터로 보고 있는 거 같아서 그러지는 못하겠다. 화상 통화도 아닌데 꼭 그런 기분이 든다. 얼른 컴퓨터를 끄고 일어서는데, 사채씨가 말했다는 지명 수배란 단어가 이마에 불도장처럼 박힌다. 난 이마를 박박 문지른다. 가슴 한복판에서 둥둥, 큰북이 울리며 뜨거운 열이 이마로 확 뻗친다.

무서운 걸까?

화가 나나?

잘 모르겠다.

전철역까지 헤매고 다니고서야 겨우 공중전화를 찾았다. 가슴에선 여전히 큰북 소리가 멈추지 않는다. 난 숨을 가다듬고, 천천히 유경의 휴대폰 번호를 누른다.

"촐리! 촐리야!"

줌마씨가 애타게 졸라를 부른다. 난 졸라의 귀에 수화기를 대준다. 졸라의 검은 눈이 동그랗게 커진다. 줌마씨가 계속 졸라를 불러댄다.

"촐리야! 촐리! 촐리! 컴 온, 촐리!"

그제야 감이 오는지 졸라가 허공에 대고 캉캉, 큰 소리로 짖는다. 줌마씨가 졸라의 소리를 듣고 숨이 넘어갈 듯 흥분한다. 꼭 수화기에서 줌마씨가 튀어나올 것만 같다. '캉캉, 캉캉!' 졸라도 목소리의 주인공을 찾아 고개를 휙휙 돌리며 마구 날뛴다. 캉캉, 짖는 소리에서 감격이 흘러넘친다. 바들바들 몸까지 떨고 있다. 난 졸라의 턱 아래를 살살 쓰다듬는다. 졸라가 조금씩 안정되어간다. 졸라를 부르다 지친 줌마씨의 흐느끼는 소리가 수화기를 통해 들린다. 난 침을 꼴깍 삼키고 수화기를 내 귀에 댄다. 그리고 느릿느릿, 또박또박 말한다.

"죄, 송, 해, 요, 아줌마. 우리, 아빠, 빨리, 나오게, 해주세요."

나도 기어이 울음을 쏟는다. 줌마씨가 내 이름과 졸라를 번갈아 부르며 알았다고, 촐리만 데려오면 다 들어주겠다고, 제발 데려와달라고 애원한다.

"으뜸아, 촐리 챔프 나가야 하는 거 알지? 으뜸이 착한 애지?

아줌마 잘못한 거 다 용서해주고 제발 쫄리 보내줘."

난 수화기를 내려놓고 만다. 아빠를 나오게 해주면 그때 졸라를 보낼 거다. 그게 순서다. 마음을 약하게 먹으면 절대 안된다. 이런 전화 따위는 걸지 말았어야 했다. 아니다. 줌마씨에게는 아주 잘한 걸지도 모른다. 유괴범들도 납치한 아이의 목소리를 그 부모한테 들려주지 않나. 부모가 더 안달하도록. 더 애절하도록. 더 안타깝도록.

김으뜸, 잘한 거야. 조금만 더 힘내.

다리가 후들거린다. 졸라 역시 흥분이 되살아나는지 자꾸 주위를 두리번거리며 품에서 뛰어내리려 바동거린다. 난 또 졸라의 턱 밑을 살살 만져준다.

졸라를 데리고 사채씨 집에서 나온 지 한 달, 아니 일 년은 되는 거 같다. 시간에 대한 감각이 사라진 지 오래다. 하루가 일 년 같을 때도 있고 일주일이 하루 같을 때도 있다. 지나온 시간과 현재 시간이 언젠가부터 뒤죽박죽되어 버렸다. 난 오직 앞만 내다볼 거다.

★

음모자들

검도씨가 배가 아프다고 방 안에서 데굴데굴 구르고 있다.
바깥으로 엉금엉금 기어 나와 두 손가락을 목구멍에 집어넣더
니 막 토하기까지 한다. 그것도 신발을 벗어놓는 시멘트 바닥
에다 대고. 시큼한 냄새가 확 풍긴다. 웩, 나도 토할 거 같다.
그러니까 누가 죽은 개의 고기를 그렇게 먹으라고 했나? 쌤통,
깨소금 맛이다. 새끼 제비의 다리를 부러뜨린 죗값인지도 모
른다. 이럴 땐 하나님이 공평하다는 걸 알겠다. 하나님이 진짜
로 있다면 말이다. 또 검도씨가 손가락을 목구멍에 집어넣고
웩웩거린다. 또 시금털털한 냄새를 피우며 왈칵, 한 무더기 토
해놓는다. 뭘 먹었는지 토사물이 붉다. 난 엉겁결에 한 발짝
뒤로 물러선다. 핏덩이야? 아니면 도사견 살코기? 일부러 손

가락까지 집어넣으면서 왜 저러는 거야? 참다못해 올라오는 토악질이라고 해도 못 봐주겠는데. 오지랖 넓은 까무형이 목발을 짚고 절뚝거리며 다가가 검도씨의 등을 두들겨준다. 까무형의 깁스 신발에 토사물이 묻고 있다. 조심하란 내 말에 바닥을 내려다보고 발의 위치만 조금 옮길 뿐, 까무형은 냄새나는 오물 덩이를 크게 신경 쓰지 않는다. 나 같으면 저런 사람 등 따위는 두들겨주지 않을 거다. 옆에 가지도 않을 거다.

"체하셨나? 상비약 다 떨어졌는데 어쩌지. 가지고 있는 약 뭐 없어요?"

검도씨가 눈물 고인 눈으로 고개를 젓는다.

"술을 너무 많이 마셔서 그래요!"

난 까무형 말에 냉큼 나선다. 검도씨가 입에 침을 질질 흘리는 채로 나를 바라본다. 웬일로 그 눈이 슬퍼 보인다. '두 발 짐승 영장류'한테는 영 안 어울리는 눈빛이다. 나를 불쌍하게 건너다보는 거 같기도 하고, 아니면 자신을 불쌍하게 여기는 거 같기도 하다. 하긴 어제 이야기들을 돌이켜보면 검도씨도 참 안됐다. 하지만 암만 힘들고 속상해도 아직 날지도 못하는 어린 제비에게 화풀이한 건 용서할 수 없는 일이다.

우리 아빠도 술 많이 마시면 변기에 매달려 토하는 걸 여러 번 봤다. 그러니 술 때문에 생긴 병이란 내 말도 틀린 건 아니다. 내가 꼭 검도씨의 고약한 마음씨가 얄미워서 그런 말을 한 것만은 아니란 뜻이다. 어제 오후 심하게 취해서 할머니 집에서 비틀비틀 돌아다니는 모습을 분명히 봤고, 개사장이랑 어깨동무까지 하고 여기저기 파인 길을 아슬아슬 내려가는 것도 봤다. 아주 친한 친구처럼. 또 술을 마시러 가나 했는데 잠시 뒤 혼자 돌아오는 걸 보고 고개를 갸웃했다. 도사견을 나눠 먹고 멀리 배웅까지 해주는 절친한 사이가 된 건 술의 힘일까. 개사장을 보내고 오는 검도씨 얼굴이 도사견만큼이나 무섭게 굳어 있던 건 왜 그럴까. 그것도 술의 힘일까. 세상을 한바탕 뒤엎을 것처럼 입은 굳게 닫히고, 이마에는 굵은 지렁이가 자리 잡은 듯 주름이 깊었다. 뭔가를 단단히 결심한 얼굴이었다. 가족이 있는 미국에 간다더니, 불법 체류라도 할 각오라더니, 그 각오를 다졌나. 그런데 저렇게 토하다 미국에 가기도 전에 죽으면 어쩌지. 내가 검도씨를 좀 미워하긴 하지만 그렇게까지 되는 건 바라지 않는다. 새끼 제비라면 몰라도 내가 검도씨와 굉장한 원수를 진 건 아니니까. 나도 마음보를 곱게 먹어야 아빠 일이 잘 풀릴 거라는 걸 안다. 그런 마음에서라도 검도씨가 잘못되는 건 싫다. 혹시라도 검도씨가 죽으면 그의 자식과 부인이 얼마나 마음 아플까. 그렇게 되면 안 되지. 서로 떨어져 지내는 것도 슬픈 일인데. 이게 내 이야기가 아니라고는 말 못 하겠다.

"으뜸아, 너 뛰어가서 아저씨 약 좀 사올래? 형은 다리가 이래서."

까무형의 말에 검도씨가 나를 쳐다보며 죽을상을 하고 배를 움켜쥔다. 제발 부탁한다는 눈치다. 아무래도 까무형의 말을 들어야 할 거 같다. 오늘은 제가 은혜를 베풀 테니, 다음부터는 심술부리지 마세요. 그렇게 생각하니 마음이 가벼워진다. 까무형에게 다녀오겠다고 흔쾌히 대답한다. 검도씨가 돈을 꺼내 오겠다고 방으로 기어 들어가는 걸 까무형이 말리며 자기 주머니를 뒤진다. 난 신고 있던 까무형의 슬리퍼를 내 운동화로 바꿔 신고 졸라를 부른다. 혼자 가면 심심하기도 하고, 사채씨 집에서 나오고 나서 서로 떨어져본 적이 없으니 놓고 가기도 불안하다. 졸라가 나의 외출을 알고 좋아하며 내 품으로 뛰어오른다. 안으라는 신호다. 아이고, 공주님. 아파트 마당에서나 좀 걸어 다녔지, 제 발로 걸어본 적이 얼마 없으니 어련하시겠어요. 나도 졸라를 안고 다니는 게 싫지 않다. 졸라는 부드럽고 따뜻하고 포근하다. 이젠 내가 졸라를 더 좋아하고 있는지도 모르겠다. 졸라를 안으면 마음이 차분해지면서 모든 게 안심된다.

"졸라까지 안고서 언제 다녀오려고 그래. 방에 들여놓고 얼른 뛰어갔다 와. 아저씨가 저렇게 힘들어하시는데."

까무형 눈빛이 단호하다. 까무형은 지금 나와 검도씨 중 한 사람을 택해야 한다면 당연 검도씨를 선택할 거 같다. 검도씨가 고통스러워 죽겠다고 저 난리니까. 난 검도씨처럼 몸이 아픈 건 아니니까. 좀 섭섭하지만 까무형의 말을 듣기로 한다.

졸라를 방 안에 넣고 문을 닫으려 하자 졸라가 기겁하며 팔에서 떨어지지 않으려 매달린다. 난 졸라의 두 발을 냉정하게 밀쳐내고 문을 닫는다. 미안하지만 어쩔 수 없다. 살다 보면 어쩔 수 없는 게 한두 가지인가. 내가 사채씨네 집에 가게 된 것도, 졸라를 데리고 협상에 나서게 된 것도, 내 원래 마음과는 다르게 다 어쩔 수 없는 거였다. 미안해, 졸라야. 까무형 말을 안 들을 수가 없어. 내가 만약 형 말을 듣지 않으면 까무형은 나를 괘씸하게 생각하거나 나쁜 아이로 생각할 수도 있거든. 그럼 너도 나도 미움받을지 몰라. 까무형은 착한 사람이니까. 우리의 수호천사를 화나게 하지 말자. 난 버티기 대왕이라 얼마든지 고집을 부려서 너를 데리고 갈 수도 있지만, 그래선 안 되는 경우도 있다는 걸 알아. 졸라가 내 마음 따위는 알고 싶지 않다고, 무조건 자기를 데려가야 한다는 듯 방문을 박박 긁어대며 시위한다. 난 문을 쾅쾅 두들겨 절대 안 된다는 뜻을 전하고 까무형에게 돈을 받아 산 아래로 뛰어 내려간다.

푹 파인 길을 이리저리 폴짝폴짝 뛰어넘으며 아랫동네로 힘차게 달린다. 비탈이 끝나는 데서 깊은 골은 흐지부지 사라지고 평평한 길이 시작된다. 태풍에 쓰러진 옥수수밭을 지나고 고추밭을 지나서 납작한 집들 사잇골목으로 뛰어든다. 다다다다, 발이 바닥에서 한 뼘쯤 뜬 채로 달려가는 거 같다. 골목을 휙 꺾어 도는데, 어, 저 사람은? 으이구, 개사장이다. 반갑지 않은데 저 기분 나쁜 아저씨를 피할 길이 없다. 아니나 다를까. 개사장이 나를 발견하고 빠르게 다가온다. 그리고 훑듯 탐색한다.

내 손을,

내 얼굴을.

굉장히 기분 나쁘다.

나한테서 대단한 거라도 발견했나. 개사장이 갑자기 환하게 웃는다.

"어디 가니?"

목소리도 닭살이 돋을 정도로 다정하다. 부담되게 왜 이러실까. 그냥 지나치고 싶은데 어른 말을 무시할 수 없어 옆방 아저씨 약을 사러 간다고 무뚝뚝하게 대답한다. 개사장이 그래, 얼른 가봐라, 하며 볼일 없다는 듯 휙 지나간다. 괜히 쫄았다. 또 졸라를 빌려달라는 소리를 할까 봐 겁을 먹었다. 까무형의 말을 듣고 졸라를 완전히 포기했나 보다. 내가 너무 까칠하게 굴었나? 다음번에 만나면 좀 공손하게 대해야지. 마음을 가볍게 먹고 다시 약국을 향해 달린다. 까무형은 시키지 않았지만 검도씨의 구토 원인이 술이라는 걸 약사에게 분명히 밝힐 거다.

내가 본 그대로. 그래야 처방이 제대로 내려질 테니까.

 약국을 나서는데 갑자기 조금 전에 만난 개사장의 태도가
마음에 걸린다. 눈은 웃고 있었지만 웃음 뒤에 깔린 음흉한 느
낌……. 꿀물을 덕지덕지 처바른 듯한 목소리는 또 어떻고. 아
깐 왜 그걸 알아차리지 못했지? 그게 왜 이제야 떠오르는 거
야? 분명 뭔가 수상한, 뭔가 꺼림칙한 냄새가 생선 썩는 냄새
처럼 비릿하게 전해진다. 혹시 졸라가……? 설마설마하면서
난 발에 발동기를 단 사람처럼 미친 듯 내닫는다. 손에 든 물
약이 출렁출렁, 성가셨지만 버리고 갈 수가 없다. 아니, 불안
감의 정체가 두려워서 버릴 수가 없다. 이걸 버리면 혹시나 하
는 일을 확실히 믿어버리는 거 같아서. 그걸 조금이라도 인정
하고 싶지 않아서. 조금의 가능성도 주고 싶지 않아서. 하지만
불길한 예감은 나를 가만두지 않는다. 온몸의 털들을 곤두세
우며 나를 거꾸러뜨릴 기세로 덤벼든다. 지독히 기분 나쁜 느
낌이다. 무슨 일이 반드시 일어나고야 말 거 같다.
 좁은 골목과 오솔길, 밭들을 정신없이 지나, 마지막 비탈길
을 죽을힘을 다해 올라간다. 목구멍은 찢어질 듯 아프고 혓바
닥은 침이 말라 돌덩이처럼 굳는 거 같다. 오르막을 중간쯤 올
랐을 때 발밑 자갈돌에 미끄러져서 내 몸이 고랑으로 처박힌

다. 진짜 예감이 좋지 않다. 난 넘어지면서도 약병만은 놓치지 않는다. 왠지 그걸 지켜야만, 저만치서 달려오는 불행을 막을 수 있을 거 같다. 팔꿈치를 호되게 다친 거 같은데, 다행히 손에 들린 약병은 멀쩡하다. 그래, 별일 없을 거다. 난 신음을 삼키며 발딱 일어나 다시 뛰어 올라간다.

"졸라야, 졸라야!"

까무형이 뒤뚝뒤뚝 발을 끌며 집 주위를 뛰어다니고 있다. 그 모습을 보니 숨이 멈추는 거 같다. 무릎이 꺾이는 걸 버티며 겨우 숨을 달랜다. 겁이 나서 차마 다음 발을 내딛지 못하겠다. 정말 졸라가 어떻게 되었나. 졸라를 부르는 까무형의 목소리가 거칠게 갈라진다. 뭔가 좋지 않은 일이 일어난 게 분명하다. 난 더는 못 가고 집 앞에 멈춰 서고 만다. 할머니가 윗집 마당에서 아래로 고개를 내민다.

"왜 그려? 강아지 새끼 찾어? 옆방 사람이 데리고 나가던디. 왜, 빌려준 거 아녀?"

난 나도 모르게 약병을 팽개치며 악을 쓴다.

"야, 시브랄들아!"

약병이 길가 바윗돌에 맞아 산산조각 나고 약물이 바위를 타고 줄줄 흘러내린다. 내 몸에 한차례 더 악이 흐르고, 순식간에 나를 태운 악이 아빠 공장에서 쓰고 난 시커먼 폐유처럼 끈끈하게 입안을 채운다. 위아래 어금니가 쇳소리를 내며 부딪는다.

"우리 졸라 데려와! 이 시브랄들아! 악당들아!"

난 더 잇지 못하고 엉엉, 눈물을 쏟아낸다.

까무형이 졸라를 꼭 찾아주겠다고 다짐하는 말에 나도 모르게 울음이 뚝 그친다. 그렇다. 까무형 때문인 거다. 난 까무형 탓을 하며 포악을 부린다.

"형이 졸라 놓고 가라고 했잖아요! 형이 책임져요! 빨리 찾아와요! 졸라가 없으면 우리 아빠 못 나온단 말예요. 졸라는 챔프도 나가야 한다고요!"

"난 그 강아지 우리 아덜 빌려주는 줄 알았는디."

할머니가 슬그머니 뒤로 돌아 사라진다.

"개아저씨는 어디 갔어요? 형, 개아저씬 어디 갔냐고요?"

"그 사람은 여기 안 왔어. 화장실 다녀왔더니 옆방 형님하고 졸라가 안 보여서 찾는 거야."

"아녜요. 약국 갈 때 봤어요. 여기로 올라오고 있었어요. 오토바이 안 타고 계단 길로요. 분명 옆방하고 만났을 거예요. 우리 졸라 데리러 온 게 분명해요."

"정말이야? 정말 그 아저씨 봤어?"

"그렇단 말예요."

엉엉엉, 울음이 또 터져 나온다. 세상에 뭐 이딴 일이 다 있나. 난 눈앞에 벌어진 일이 믿기지 않아 그제야 집으로 뛰어간다. 우리 방은 진짜 텅 비어 있다. 허겁지겁 들여다본 옆방도 텅 비어 있다. 졸라야! 촐리야! 촐리! 유경아! 엄마! 아빠! 내 입에서 이름들이 두서없이 튀어나온다.

"윗집 할머니한테 물어봐요. 개아저씨 어디 갔나."

까무형의 표정이 굳어진다. 이제야 내 말을 믿는 거 같다. 아니 큰일이 일어나고 있다는 걸 지금에야 확실히 깨닫는 거 같다. 검도씨는 거짓부렁으로 배 아픈 척한 거다. 약을 사러 까무형이 나를 보낼 걸 미리 계산한 거다. 까무형이 다리를 뒤뚝거리며 옆방을 뒤지기 시작한다. 까무형 얼굴이 더 어두워진다.

"정말 떠난 거 같네. 들고 다니는 가방도 없고. 말도 안 돼. 이건 진짜 말도 안 돼."

까무형이 문턱에 털썩 주저앉는다.

맞아, 죽도!

혹시 검도씨가 죽도를 남겼나 휘둘러보는데 정말 이불 더미 위에 왕따당하듯 얌전히 놓여 있다. 갑자기 귀에서 윙 소리가 나며 아찔 현기증이 인다. 멀미도 난다. 입안에 침이 담뿍 고인다. 위장이 뒤집히는 것처럼 속도 울렁울렁한다.

"너무 걱정 마. 네 말대로 그 사장님이 진짜 올라왔다면 졸라가 그이 손에 들어갔을 거야. 어디 딴 데 안 넘기고 그리됐다면 괜찮은 거야."

까무형이 자신을 달래는 건지 나를 달래는 건지 모를 소리를 혼잣말처럼 중얼거린다. 난 까무형 말에 와락 겁이 난다. 딴 데라니! 그건 안될 일이다. 난 상상도 못 했던 일을 까무형은 겁도 없이 말한다. 그 말이 씨가 되면 어쩌려고. 난 누군가한테 떠밀리듯 윗집으로 달려간다.

마당으로 발을 들여놓자 집 안에서 개들이 지랄하듯 짖어댄다. 할머니가 마루문에서 고개만 내밀고 바깥을 내다본다.

"개아저씨 어디 있어요?"

"개아저씨믄, 우리 아덜? 근디 개아저씨가 뭐냐, 개사장님이라 불러도 뭐헌디."

"어디 갔냐고요?"

"어디서 어른헌티 소릴 질러? 버르장머리가 파리 자지만치도 없이."

"아저씨 여기 없어요?"

"우리 아덜 행방을 왜 나헌티 와서 묻고 지랄이여."

"아까 어르신이 으뜸이 강아지, 사장님한테 빌려준 줄 알았다면서요?"

언제 쫓아왔는지 까무형이다.

"그려. 빌려주는 줄 알았지."

"두 사람 만나는 거 할머니가 봤어요? 본 거죠? 봤죠?"

"글씨, 두 눈으로 똑똑히 보았대니깐. 근디 이 어린거이 미첬냐, 나헌티 왜 이러는 거여?"

까무형이 휴대폰을 꺼내더니 어디론가 전화를 건다.

"전화기가 꺼졌네. 으뜸아, 우리 내려가보자."

심장에 와락 뜨거운 불기운이 끼친다. 금방이라도 날숨에서 세찬 불꽃이 넘실거릴 것만 같다. 난 맹렬하게 솟구치는 불길을 꿀꺽 삼킨다. 아빠의 얼굴이, 사채씨가, 줌마씨가, 유경이 차례로 떠오른다. 졸라가 정말, 제대로 납치되었다. 내가 저지른 일과는 비교도 안 되는 큰일이 벌어진 거다. 유경이한테 사실을 알릴 수도 없고 이제 어떻게 해야 하나. 줌마씨가 이 소식을 들으면? 사채씨는? 이럴 줄 알았으면 졸라를 사채씨 집에서 데리고 나오지 말걸 그랬다. 아니, 어제 줌마씨가 데려오랄 때 그길로 당장 데려다 줘버릴걸 그랬다.

아냐!

빨리 찾으면 돼!

으뜸, 얼른 뛰어!

까무형은 아픈 것도 잊어버렸는지 목발을 짚고 뒤뚝뒤뚝 잘도 뛴다. 어깨가 더 기울어지고 목발이 땅에 푹푹 박히는 게 온몸이 분통을 터뜨리는 거 같다. 나 역시 분을 삭이지 못해 숨이 거칠고 혀끝엔 욕이 독침처럼 꽂힌다. 시브랄 검도씨, 시브랄 개사장! 만나기만 하면 아프리카 원주민처럼 독침을 마구마구 쏘아댈 테다. 순식간에 피를 토하며 꺼꾸러지는 꼴을 두 눈으로 똑똑히 보고 말 테다. 지옥의 문턱에다 패대기치고 저승사자의 따끔한 맛을 보게 할 테다. 근데 어떻게 그러지? 열불이 목젖을 태우고 머리를 불사르는 거 같다. 어떻게 그럴 수가 있나. 내가 의지하는 단짝을 어떻게 그렇게 악랄하게 빼앗아 갈 수 있느냐 말이다. 시브랄, 당신들이 알아? 졸라가 나한테, 우리 아빠한테 어떤 존재인지 아냐고? 졸라가 없으면 우린 죽은 거나 마찬가지라고! 살아 있다 해도 산목숨이랄 수가 없다고! 그만큼 졸라가 중요하단 말이야! 또 눈물이 솟구친다.

개사장의 애완견 센터는 마이웨이의 뒤쪽 골목을 돌아 나가는 모퉁이에 있다. 이쪽 근처라는 건 알고 있었지만 바로 요기에 요렇게 있는 줄은 몰랐다. 까무형이 거침없이 가게 문을 잡아당긴다. 당장 개사장의 멱살이라도 틀어쥘 기세다. 나도 걸음에 독기를 실어 그 안으로 발을 척 들여놓는다. 강아지들이 쏟아놓듯 왈왈, 짖어댄다. 난 한눈에 개들을 훑어본다. 졸라는 없다. 졸라 비슷한 것도 없다. '졸라!' 하고 외쳐보지만 내 목소리는 개 짖는 소리에 묻혀버린다.

개사장이 가게 안쪽에서 나오다 우리를 발견하고 반갑게 맞는다.

"어이구, 자네가 여길 어쩐 일이야. 어린 손님까지?"

너무도 태연하다. 전혀 놀라는 기색이 아니다. 난 두 눈을 부릅뜨고 개사장을 노려보며 또박또박 묻는다.

"우리 졸라 어디 있어요?"

"어른들이 불쌍한 어린애한테 이러시면 안 되죠!"

까무형도 다짜고짜 다그친다.

"지금 뭔 소리야? 뭐하자는 거야들, 지금! 내가 어떻게 하는 거 봤어? 봤어? 멀쩡한 사람 누명 씌우면 어찌 되는 줄 몰라?"

방귀 뀐 놈이 성낸다더니 완전 그 짝이다.

"아저씨네 할머니가 우리 졸라하고 옆방 아저씨 만나는 걸 봤다고 했어요. 왜 거짓말하세요? 당장 우리 졸라 내놓지 않으면 경찰에 신고할 거예요."

난 일단 으름장을 놓고 본다. 개사장이 움찔하는 거 같더니 곧 어깨와 배를 들이민다.

"그래, 어디 신고해봐라. 그 전에 확인은 해봐야지. 샅샅이 찾아봐. 그 개새끼 꼬랑지 털 하나 나오나."

개 목욕시키는 곳과 화장실을 다 둘러보고, 책상 아래까지 다 뒤져봐도 졸라는 보이지 않는다. 상자란 상자도 다 뒤진다. 어디에도 졸라는 없다. 개사장은 팔짱을 낀 채 여유작작하다. 입가에 비웃음마저 달고 있다. 자신만만한 표정이다. 대체 어디에 숨겨놓았기에 저렇게 배짱 있게 나올까.

"아까 나 만났을 때 어디 간 거예요? 졸라 데리러 간 거 맞잖아요."

"너 정말 생사람 잡을래? 난 그 동네서 볼일 보고 바로 내려왔어. 네 집 쪽엔 얼씬도 안 했다고!"

"그럼 어르신과 삼자대면합시다. 어르신이 사장님 봤다고 하면 그건 분명히 집으로 올라온 거니까. 그땐 아무 말 않고 졸라 내주기로요."

"난 그 졸란지 개새긴지 모른다고! 얘가 내주지 않는다고 해서 깨끗이 포기했어. 어디서 잊어버리고 나한테 와서 이 지랄 발광들이야!"

"지랄인지 발광인지는 가서 따져보자니까요! 빨리 가세요."

"내 참, 어젯밤 꿈자리가 사납더니 별 시답잖은 것들이 생지랄들이네. 그래, 가자, 가! 만약 우리 노친네가 나 안 봤다고 하면 그땐 각오들 해! 당장 명예훼손죄로 처넣을 테니까."

난 속으로 쾌재를 부른다. 할머니는 분명히 두 눈으로 똑똑히 봤다고 했으니까. 할머니가 봤다고 하면 어쩔 수 없이 졸라 숨긴 데를 불어야 할 테니까. 난 씩씩하게 가게 문을 열고 앞장선다. 가슴 깊은 곳에서 안도의 숨이 푸르르 올라온다. 갑자기 등짝이 차갑게 느껴진다. 언제 땀을 흘렸는지 옷이 푹 젖어 있다. 졸라! 조금만 기다리고 있어. 이젠 죽어도 졸라와 떨어지지 않을 테다.

웬일로 할머니가 저만치에서 팔을 홰홰 내저으며 바쁘게 내려오고 있다. 난 반갑게 할머니한테로 뛰어간다.

"걱정돼서 내려와보는 거여. 어뜨케 강아진 찾은 거여?"

"아뇨. 못 찾았어요. 아까 할머니가 개아저씨, 아니 애완견 사장님이랑 옆방 아저씨가 만나는 걸 봤다고 하셨죠? 그렇죠?"

할머니의 얼굴이 굳어지며 개사장을 힐끗 쳐다본다. 개사장이 할머니한테서 얼굴을 돌리고 큼큼거린다. 꼭 무슨 신호처럼 느껴져서 기분 나쁘다. 할머니한테 보내는 사인? 어떤 사인이지?

"어르신! 사장님과 옆방 형님이 좀 전에 이 애 강아지 안고 있는 걸 본 게 분명하시죠?"

할머니가 개사장처럼 큼큼 목소리를 가다듬는다.

"모올러. 나 그러는 거 못 봤는디. 나 모옷 봤어. 나 인제 눈이 어두워서 머얼리 있는 건 잘 보이지두 않어. 너 오늘 에미 집에 올러왔었냐?"

"아니, 어르신!"

"할머니이! 아깐 두 눈으로 똑똑히 봤다고 하셨잖아요."

"핼미가 온제? 니가 잘못 들은 거 아녀? 아니믄 핼미가 뭔 말인 줄 모르고 실수혔거나."

"거봐, 내 뭐랬어? 각오들 해. 소환장 나오면 감방 들어갈 준비들이나 하고 있으라고!"

"너희 강아지 못 찾으면 어찌허냐? 내 아덜은 태풍에 송아지만 헌 개들 다 잃어뿌리고. 화는 홀로 안 댕긴대더니 그 말만치로 윗집 아랫집 재앙이 쌍으로 왔넌가 보네. 혹시 옆방 사람이 더리고 도망간 건 아니여? 값나가는 거라 허니깐."

"그럴지도 모르죠. 미국 간다고 별렀으니. 그치나 찾아봐. 애먼 나 잡지 말고."

두 사람 중 누군가는 분명 뻥을 깐 거다. 아니 둘 다 감쪽같이 입을 맞춰 뻥놓고 있는 거다. 신호로, 암호로 똘똘 뭉쳐서. 그렇게 사이좋은 엄마와 아들 같진 않았는데. 그래도 피는 진한 건가. 큼큼 소리 하나에 찐득한 붉은 피가 확 통했나. 이제 어쩌지? 어떻게 해? 어떡하느냐고!

나쁜 검도씨! 검도씨가 있는 그곳이 지옥이길 빌 뿐이다.

나쁜 개사장! 큼큼하던 목소리를 누군가 빼앗아 가기를 간절히 빌고 또 빌겠다.

할머니도!

난 까무형을 올려다본다. 까무형은 충격이 너무 컸는지 할 말을 찾지 못해 버벅거리며 할머니와 개사장을 노려보고 있다. 이제 와서 형이 이러면 뭐하나. 이렇게 되면 나를 데리고 있어준 일도 고마운 게 아니라 원수 같은 일이 된다. 차라리 맞아 죽더라도, 방에 갇혀 숨 막혀 죽더라도, 사채씨 집에서 견디면서 아빠가 나오기를 기다릴걸. 졸라를 찾지 못하면 사채씨가 나와 아빠를 이 세상에서 아예 퇴출시켜버리려고 온갖 악을 다 부릴 거다. 나도 소년원인가 어딘가로 보내지겠지. 유경이야 빼놓겠지만. 그렇게 되면 유경이도 나한테 원수가 되는 건가? 졸라를 훔치자는 말을 처음 꺼낸 건 어디까지나 유경이니까. 그때 유경이 말을 무시할걸 그랬다. 왜 철딱서니 없는 애의 말에 낚여가지고는. 이젠 모든 게 다 후회가 된다. 혹시 내가 벌을 받는 건가? 유경이 뭐라고 꼬드겼건 사채씨의 개를 훔친 건 바로 나니까. 줌마씨가 졸라를 한 번만 보여달라고 사정했는데도 냉정하게 거절했으니까. 이제 어떡하지?

컴 온!

짐작대로 검도씨는 어제 집에 들어오지 않았다. 까무형은 검도씨가 미국으로 떠버리기 전에 경찰에 신고하자고 했지만 난 반대했다. 지금 졸라를 찾는 일 말곤 다 필요 없다. 그래서 졸라에 대해 형한테 털어놓기로 마음먹는다.

내 얘기를 듣는 까무형 눈이 커진다.

"어쩐지 전단지 내용이 석연치 않다 했더니. 아무리 속상해도 악을 악으로 갚으려 해선 안 되는 건데. 어쩌다 그런 엄청난 생각을 하게 됐어? 이거 큰일이네. 뭐, 칠천만 원?"

"그러니까 졸라, 꼭 찾아야 해요."

"사장네 집 가보자. 그 사람은 지금쯤 가게에 있을 거야. 집에는…… 이혼해서 부인은 없고 혹시 아들이 있으려나…….

너만 한 아들 하나가 저 아빠랑 사는데."

"지금 방학 안 끝났는데요?"

"있으면 다행이고."

"없으면요?"

"열쇠공 불러야지. 아는 열쇠공 있는데 사실대로 말하고 부탁해야지. 속내를 잘 아는 친구니까 들어줄 거야. 걱정 마. 분명 사장네 집에 있을 거야. 대신 형하고 약속해. 졸라 찾으면 그 아빠 친군지 사채업잔지, 그 사람한테 졸라 돌려준다고. 아무 조건 없이 바로."

난 알았다고 고개를 크게 끄덕인다. 못 찾는 것보단 돌려주는 게 백번 낫다. 할 수만 있다면 졸라를 데리고 나오기 전으로 다 되돌려놓고 싶다.

까무형은 4층짜리 빌라 앞에서 꼭대기를 올려다본다. 계단을 오를 일이 걱정되나 보다. 마음 같아선 혼자 후닥닥 뛰어올라 졸라를 확인하고 싶지만 어떤 상황이 벌어질지 몰라, 난 까무형한테 한쪽 어깨를 내민다. 까무형이 가자, 하면서 내 어깨를 짚는다.

목발과 내 어깨에 의지해 한 걸음씩 내딛는 까무형의 걸음이, 한 계단 한 계단이, 한 시간 한 시간처럼 느껴져 답답하다.

개사장네 집은 빌라 옥상에 있다. 빌라 계단이 다 끝나고, 이젠 옥상 아니야? 하는 순간, 열린 회색 철문으로 작은 집 한 채가 내다보인다. 까무형이 성큼 문턱을 넘어 그 집으로 다가가 문을 두들긴다. 텅텅, 울리는 유리문 소리에 내 몸이 꼿꼿해진다. 난 전투태세를 갖춘다.

푸수수한 노랑머리를 북북 긁으며 남자애가 문을 열고 고개를 내민다. 잠이 덜 깬 얼굴이다.

"형 알지? 할머니 아랫집 사는. 왜, 가끔 밑반찬 가져다줬잖아. 아빠 심부름 왔는데, 강아지 가지러 왔어. 검정색 쪼끄만 거. 긴 흰 수염 있고. 그거 좀 내줄래?"

내 심장이 왈캉달캉 소스라친다. 난 긴 숨을 푸 내쉰다. 남자애가 고개를 갸웃하더니 문을 닫고 안으로 사라진다. 열쯤 셌을까. 기다리던 까무형이 유리문을 발칵 열어젖힌다.

아, 저건 졸라다!

노랑머리가 졸라를 안고 누군가와 통화를 하고 있다.

"졸라야! 졸라야!"

졸라가 내 목소리를 듣더니 내 쪽을 돌아보며 캉캉캉캉, 흥분해 어쩔 줄을 모른다. 어떻게든 아래로 뛰어내리려고 몸부림치며 까강까강, 발악하는 졸라를 노랑머리가 휴대폰으로 두들겨 팬다. 졸라가 깨갱깽, 이상한 신음을 내며 길길이 뛴다. 악, 저러다 바닥으로 곤두박질치겠다. 떨어져서 머리라도 다치면?

"야! 우리 졸라 때리지 마!"

"그 개 이리 내!"

까무형이 신발 신은 채로 뛰어들며 소리친다. 나도 안으로 뛰어 들어간다.

"우리 강아지 훔치러 온 거죠?"

까무형이 훔치긴 누가 훔쳐, 네 아빠가, 하다가 말을 멈춘다. 노랑머리가 졸라를 겨드랑이에 끼더니 순식간에 홱 제 방으로 들어가 고개만 빠끔 내민다. 졸라는 내가 부르는 소리에, '컴 온, 컴 온' 소리에, 미친 듯 날뛴다. 노랑머리가 이번엔 퍽퍽 소리가 나도록 졸라 머리를 짓두들겨댄다. 정말 졸라 머리통이 빠개지겠다. 졸라가 숨 끊어지는 비명을 지른다. 내 심장도 같이 비명을 터뜨린다. 나쁜 새끼!

"야, 너 우리 졸라 때리지 말랬지?"

"이리 내놓지 못해! 너 경찰 부른다!"

"우리 아빠 곧 온댔어요. 절대 내주지 말라 했어요. 주면 나죽어요."

까무형이 두 손으로 문을 확 열어젖힌다. 놀란 노랑머리가 졸라를 꽉 껴안으며 방바닥에 웅크린다. 나와 까무형이 졸라를 빼내려 달려든다. 밀고 당기고, 밀고 당기고. 노랑머리도 악착같이 끌어안고 내놓지 않는다. 암만 두 사람이 죽을힘을 다해도 노랑머리 가슴팍에 갇힌 졸라를 끌어낼 수가 없다. 잠깐잠깐 보이는 졸라 입에 하얀 거품이 부글거린다. 흰자위도 뒤집어진다.

"형, 우리 졸라 미쳐가요!"

화가 난 까무형이 바락 노랑머리를 떠민다. 노랑머리가 벌렁 뒤로 나자빠지고 그 바람에 졸라를 놓친다. 졸라가 그때를 이용해 잽싸게 바깥으로 뛰쳐나간다. 완전 제정신이 아닌 거 같다. 내가 급히 졸라를 부르자 노랑머리도 졸라, 졸라, 하고 따라 불러댄다.

"네가 왜 우리 졸라를 불러?"

난 노랑머리를 들입다 머리로 박고 졸라를 뒤쫓는다. 노랑머리도 가슴을 붙잡은 채 쫓고 까무형은 뒤뚝거리며 쫓고 나는 홈인하는 주자처럼 전력으로 쫓는다. 나도 졸라를 부르고 까무형도 졸라를 부르고 노랑머리도 졸라를 부른다. 졸라는 오로지 앞만 보며 내뺀다. 아예 멈추는 방법을 모르는 거 같다. 아니 단단히 공포에 질려 있는 거 같다.

"졸라! 컴 온!"

"졸라! 컴 온!"

나와 노랑머리가 동시에 졸라를 부른다. 옥상 마당을 죽을

힘을 다해 돌던 졸라가 휙 주위를 둘러보는데 두 사람 입에서 또 동시에 컴 온, 하는 소리가 튀어 나간다. 내가 '야, 입 닥쳐!' 하는 사이 졸라가 회색 철문을 향해 질주한다. 그 뒤를 내가 쫓고 노랑머리가 쫓는다. 뒤에서 까무형이 '졸라, 컴 온, 컴 온'을 외치며 쫓아온다.

제발 아가리들 닥쳐! 제발!

계단참에서 내려다보니 이미 졸라는 시야에서 사라진 뒤다. 나는 계단 아래를 향해 '졸라, 컴 온'을 목이 터져라 외친다. 노랑머리도 나를 따라 계단 난간에 기대 허리를 구부리고 '졸라, 컴 온'을 외친다. 난 노랑머리를 힘껏 밀어버린다. 노랑머리가 계단 아래로 데굴데굴 구르며 비명을 지른다. 난 녀석을 남겨둔 채 계단을 뛰어 내려가며 소리친다.

"졸라야! 졸라야! 컴 온! 컴 온!"

아무 방해도 받지 않고 '컴 온'을 외치는데, 이젠 졸라가 헷갈릴 리도 없는데, 졸라는 어디로 내달렸는지 1층까지 내려와도 보이지 않는다. 난 거리에 서서 손나발을 만들어 악을 쓴다.

"컴 온~! 졸라! 컴 온~!"

내 발이 저절로 달리기 시작한다.

이 길 끝에서 졸라를 만날 수 있을지 모르겠다.

난 달리고 또 달린다.

안개 속을 달리는 기분이 이럴까.

눈앞이 부옇다.

그래도 졸라가 나타나면 단박 알아볼 거다.

그럴 거야. 그럴 수 있을 거야.

★

타인의 시간

졸라는 영영 사라져버린 거 같다. 저주받은 이 동네에서 살기 싫다고 버스를 타고 지하철을 타고 멀리멀리 떠나버린 거다. 어쩌면 나한테 심한 배신감을 느꼈는지 모른다. 대궐 같은 집에서 데리고 나오고선 책임지지 않은 것에 대한 배반감 말이다. 잠시라도 떨어지는 건 싫다고, 무섭다고, 따라가겠다고, 애걸복걸했지만 냉정하게 뿌리치고 간 것에 대한 보복. 열 발톱이 빠져라 문짝을 긁어대며 사정했는데도 오히려 문을 쾅쾅 두들겨 야단을 친 일에 대한 앙갚음. 그렇지 않다면야 이렇게 동네를 구석구석 다 뒤져도 안 나타날 리가 없다. 빌라를 뛰쳐나가자마자 내가 부르는 소리에도 콧방귀를 날리면서 뒤도 안 돌아보고 미련 없이 떠버린 거다.

며칠이 지났는지도 모르겠다. 이건 내 시간이 아니다. 난 다른 사람의 시간 속에 강제로 붙잡혀 있다. 이건 정말 내 시간이 아니다. 난 이런 시간 속에 살고 싶지도 않고 원한 적도 없다. 난 지금 마법에 걸린 거다. 못된 마술사의 술법에 걸려들어 타인의 시간 속에 내던져진 거다. 말도 안 되는 현실이, 말도 안 되게 생생한 현실로 다가와 나를 놀리고 있다.

내가 아닌 내가, 동네의 길이란 길은 있는 대로 휘젓고 돌아다닌 것 같다. 뒷산도 샅샅이 다 뒤진 것 같다. 무릎과 발목이 나무토막처럼 뻣뻣하고 허벅지도 장딴지도 돌덩이처럼 단단하다. 마치 하반신이 내 것이 아닌 남의 걸 끌고 다니는 느낌이다. 개사장이 줄곧 내 뒤를 따라붙었던 것도 같고 아닌 것 같기도 하다. 끔찍한 악몽의 강을 오래오래 헤엄친 것도 같다. 시퍼렇고, 깊고, 넓고, 물살이 무섭게 소용돌이치는. 그동안 개사장과 까무형이 대판 붙은 것도 같다. 까무형이 휘두르는 목발에 개사장이 식칼을 꺼내 들고 덤빈 것도 같다. '같다'라고 말할 수밖에 없다. 이미 이 시간은 내 것이 아니니까. 난 타인의 시간 속에 있는 거니까. 까무형은 장물 산 거 고발한다고 소리치고 개사장은 증거를 대라며 병신 꼴값한다고 한바탕 달려든 거 같기도 하다. 할머니가 거품을 물고 두 사람을 말린 것도 같고, 까무형한테 '숭악헌 놈이 내 아덜을 도둑으로 몰고 있다'고 길길이 소리 지른 것도 같다. 윗집 마당에서 우리 집 앞으로 개똥 더미가 계속해서 폭격기처럼 날아온 거 같기도 하다. 개사장 얼굴이 내 머리 위로 붉으락푸르락 나타났다 사라졌다 하며, 똥 덩어리 못지않게 심한 욕설이 한 양동이씩 쏟아진 거 같기도 하다. 난 눈앞에서 벌어지는 소동들을 남의 일처럼 무감각하게 바라보기만 했다.

까무형하고 말을 안 하고 지낸 지가 꽤 오래된다. 까무형은 계속 말을 걸어오지만 난 절대 대답하지 않는다. 아무런 말도 하고 싶지 않다.

다 밉다. 모두 다 밉다.

아빠도

엄마도

사채씨도

줌마씨도

개사장도

검도씨도

까무형도

유경이도

나를 이렇게 만든 사람들 모두 다.

아무리 다 밉더라도 졸라를 이렇게 무작정 기다리고 있을 수만은 없잖아? 묘안을 짜자. 아무 일도 일어나지 않은 듯 모든 걸 제자리로 휙 되돌릴 만한 기막힌 묘안 말이야. 예쁜 개니까 누가 강제로 붙잡아서 키우고 있는지도 모르잖아? 등잔 밑이 어둡다는 속담처럼 바로 옆 빌라에서나 건너편 주택에서라도 말이야. 망원경으로 멀리 있는 풍경을 단번에 끌어오듯 숨은 졸라를 눈앞에 척 나타나게 할 굉장한 방법이 뭐 없을까?

마이웨이 입구 계단에 널브러져 있던 까무형이 벌떡 일어나며 소리친다.

"으뜸아, 우리 졸라 사례금 걸자. 접때 그쪽에서 천만 원 걸었지? 그 돈이면 누구든 데려올 거야. 주인집 딸한테 연락해. 사실대로 말하고 졸라 사진 있으면 보내달라고 해."

심장이 벌렁벌렁 쿵덕쿵덕 뛴다. 좋은 아이디어이긴 한데 이 비참한 일을 어떻게 여의도에 알리나. 유경의 메일을 열어보지 않은 지도 한참 된다. 아빠의 이심은 끝났을까. 아, 우리 아빠!

"그 방법밖에 없어. 지금은 숨긴다 해도 언젠간 그쪽에 알려질 일이고. 또 시간이 지날수록 찾을 가능성이 적어져."

그래, 정말 내가 계속 행방불명되어 소식이 끊기면 지명 수배를 내릴지도 몰라. 아빠도 분명 그냥 놔두지 않을 거야. 어떻게든 우리 아빠를 더 나쁜 결과로 몰아갈 거야. 그래, 까무형 말을 듣자.

난 묵묵히 마이웨이 계단을 오른다. 까무형이 벽을 짚으며 뒤뚱뒤뚱 뒤따라 올라온다. 솔직히 말하면 나도 그 생각을 안

한 건 아니다. 매일매일 일 초, 일 초, 입과 손가락이 근질거릴 정도로 생각하고 또 했다. 근데 소식을 전할 용기가 없어서, 생각이 날 때마다 목뼈가 부러져라 도리질을 치곤 했다.

유경의 메일이 넘치도록 배달되어 있다. 내 연락이 끊기고부터 지휘 본부의 숨이 깔딱 넘어가고 있다. 어떻게든 끊어진 통신을 이어보려고 교신을 애쓴 흔적들. 굵은 제목들이 죽어라 나를 불러댄다. 가슴 한쪽이 뭉클하다. 난 '긴급', '비상'이라는 말머리가 붙은 제목을 클릭한다. 거기엔 정말 엄청난 뉴스가 도착해 있다. 자기 아빠가 드디어 항복의 깃발을 올렸다고. 인정하긴 싫지만 줌마의 공로가 좀 컸다고. 아빠가 합의 서류를 접수하고 확인서 받아준다고 했다고. 못 믿겠으면 법원 앞에서 만나 같이 접수해도 좋다 했다고. 내일 이심 날짜에 맞추려면 서둘러야 한다고.

"어휴, 어떻게 하지? 날짜 지났잖아."

아아아아아악! 아무 말도 듣고 싶지 않다. 까무형이 죽도록 밉다. 나한테 약 심부름만 시키지 않았어도. 졸라 데려가는 걸 막지만 않았어도.

"빨리 찾자. 빨리 찾으면 돼. 삼심도 있을 거야."

자판으로 눈물이 후드득 떨어진다. 까무형이 슬며시 내 어깨를 다독인다. 난 거칠게 까무형의 손을 털어낸다. 눈물이 자꾸 앞을 가리지만 침착하게 답장을 쓴다. 졸라를 잃어버렸다고. 아무리 동네를 뒤져도 찾을 길이 없다고. 졸라 사진을 메일로 보내달라고. 난 어떤 변명도 늘어놓지 않고 있는 사실만 간단하게 전한다. 할 말도 없다. 아니, 아무 말도 하고 싶지 않다. 가능하다면 벙어리가 되고 싶다. 눈도 멀어버리고 싶다. 귀도 멀어버리고 싶다. 유경이 컴퓨터 앞을 지키고 있었는지 단박 욕이 전달된다. '벼엉신! 졸라 짱 나네. 잘 델꾸 이써야 쥐. 인제 어칼 건데?' 첨부된 파일은 없다. 유경이 분통을 참지 못해 일단 욕지거리부터 날린 거다. 난 묵묵히 졸라의 사진을 기다린다.

20분쯤 뒤, 드디어 파일 첨부 메일이 전달된다. 사진을 찾느라 할 수 없이 줌마씨가 졸라 일을 알게 되었다는 안 좋은 소식과 함께. 당장 전화하라는 줌마씨의 명령도 있다. 난 졸라를 찾으면 연락하겠다는 말만 보내고 졸라의 사진을 프린트한다. 컴퓨터 안에서 나를 기다리고 있던 것처럼 졸라가 두 눈을 동그랗게 뜨고 바깥으로 나온다. 나를 쳐다보는 눈이 명랑하다. 졸라야! 나도 모르게 졸라를 소리 내어 부른다. 졸라가 계속 명랑하게 나를 쳐다본다. 대답할 생각은 없나 보다. 캉캉 소리가 귓가에 들리는 거 같은데 진짜는 아니다.

졸라, 어디 있니?

"얼른 복사하자. 골목골목 전봇대마다 붙이고, 가게들 앞에도 붙이고, 큰길에서 지나는 사람들한테도 다 나눠 주자."

난 말 잘 듣는 아이처럼 일어선다.

난 지금 내가 아니고 싶다.

아빠와 난 이대로 시궁창 속으로 빠지는 걸까.

다시 일어날 기회가 있을까.

비바촐리

　전철역과 버스 정류장에서부터 졸라의 사진이 여기저기에 나부낄 정도로 붙이고, 지나는 행인들한테도 수없이 전단지를 나눠 주었다. 사례금의 위력은 굉장해서 까무형의 휴대폰이 쉴 새 없이 울렸다. 졸라에 대한 제보보단 사례금 문의가 더 많았다. 천만 원이 진짜냐는 거였다. 어느 집에 그런 개가 있는 걸 봤는데 가서 확인해보고 그 돈을 주겠느냐는 사람도 여럿이었다. 찾아가보면 엉뚱하게 다른 품종의 개일 때도 있었다. 어떤 사람들은 졸라 비슷하게 생긴 개를 직접 데려오기도 했다.

　아직도 못 찾았느냐고 물어올 정도로 졸라는 동네 사람들 사이에서 명물이 되어간다. 털끝 하나 비치지 않고도 자기 영역을 키워가고 있는 거다. 그 영역을 넓히고 넓힌 후에야 짜잔, 하고 나올 작정인가. 내 속이 까맣게 타고, 까무형 속이 까맣게 타고, 사채씨와 줌마씨, 유경이 속을 시커멓게 태우고 나서야 의기양양 으쓱하며 나타날 셈인가.

사채씨는 내가 살고 있는 데를 당장 밝히지 않으면 아빠를 영원히 감방에서 못 나오게 만들 거라 협박한다. 까무형이 그건 불가능하다고 하고 나도 그게 가능하지 않을 거라는 걸 알지만 마음은 편치 않다. 아빠가 잘못된다는 말은 자음 하나, 모음 하나라도 다 듣기 싫다. 사채씨는 졸라가 어떻게 된 건지 두 눈으로 똑똑히 확인해야겠다며 이메일로 노발대발 미쳐 날뛴다. 만약 잃어버린 게 확실하다면 직접 나서서 찾겠단다. 이젠 유경의 아이디로 사채씨가 직접 메일을 쓴다. 모니터에 쏟아져 나오는 글자들이 꼭 시퍼런 불을 내쏘는 것만 같다.

거주지를 밝히라는 사채씨의 거듭되는 요구에 난 쉽게 결정을 내리지 못한다. 솔직한 마음을 말하라면, 너무 무서워서 여기 있다고 실토를 못 하겠다. 사채씨를 만날 일도 무섭지만 그 뒤에 벌어질 일들, 졸라에 대한 제보가 계속 거짓으로 드러나면? 아예 못 찾으면? 사채씨가 분통을 이기지 못해 어떤 식으로 나올지 그게 무지무지 두렵다.

팔뚝이 썰렁하다. 하늘을 올려다보니 파란 하늘에 붉은 해가 뒷산으로 기울고 있다. 이제 가을인가? 사채씨 집에서 나올 때 긴 옷을 챙기지 못했다. 난 졸라를 두고 벌인 협상을 이처럼 오래 끌게 될 거라고는 꿈에도 생각하지 않았다. 가을이 어느 외국의 계절처럼 낯설게 느껴진다. 하지만 얼마 전 추석이 지났으니 가을인 건 분명하다. 추석이란 것도 윗집 할머니가 송편을 한 접시 가져다줘서야 알았다. 까무형은 그걸 되돌려 보내고 대신 시장에서 한 봉지 사왔다. 만약 까무형이 할머니의 송편을 받았다면 난 까무형과 의를 끊었을 거다. 이건 진심이다. 할머니와는 길에서 만나도 모른 척한다. 줄기차게 말을 붙여보던 할머니도 요즘은 우리를 보고 모른 척하고 지나간다. 꿈에서 만나더라도 난 모른 척할 거다. 나쁜 마귀할멈! 자식이 나쁜 길로 가면 안 된다고 야단을 쳐야 올바른 엄마지, 같이 잘못하자고 짝짜꿍하는 게 말이 되나? 고작 송편 한 접시 가져다주면서 용서해달라고? 어림없는 소리다. 혹시 이억 원쯤 담은 접시라면 모를까. 그만한 돈이면 사채씨 마음이 풀어질까. 아빠까지 다 용서해줄까. 그래도 졸라를 끝까지 못 찾는 건 싫다. 돈 때문에 시작한 일이지만 난 졸라를 진짜로 좋아하게 되었으니까. 돈하고 졸라하고 둘 중에 하나를 꼭 골라야 한다면? 내 뜻과 상관없이 사채씨가 좋아할 걸로 골라야겠지? 사채씨는 졸라가 새끼를 얼마나 낳을 수 있느냐와 이억을 놓고 계산기를 두들길까? 그래야 사채씨다운 거겠지? 줌마씨라면 당연 졸라고, 유경이는? 졸라가 아닐까? 그럴 거라 믿고 싶다.

오늘 하루도 아무 소식 없이 이대로 끝나나 보다. 지난 며칠은 제보도 뜸하다. 금방이라도 주저앉을 것처럼 온몸에 힘이 쭉 빠진다. 마음에도 힘이 있는 거라면 지금 내 마음은 바람 빠진 풍선처럼 축 늘어져 있다. 그래도 청각만은 어디서 졸라 소리가 들려오지 않나 잔뜩 긴장해 있다. 바로 요 집에서, 바로 저 집에서 졸라의 짖는 소리가 들리는 것만 같다. 귀를 기울이면 꼭 날 놀리듯 윙윙 소리만 귓속에 울리지만 두 귀를 편하게 둘 수가 없다. 까무형은 절뚝거리는 다리로 전단지 뿌리는 일을 멈추지 않는다. 나 역시 자동인형처럼 그 일에 목숨을 건다. 몸과 마음은 기운이 없지만 그렇게라도 하지 않으면 영영 졸라를 찾지 못할 것만 같아서다.

이젠 전단지를 받아주는 사람들도 드물다. 받았어요. 봤어요. 있어요. 이거 세 번째 받는 거예요. 아직도 못 찾았어요? 이 돈으로 예쁜 새끼 사서 키우고도 남겠네, 쯧쯧. 아예 귀찮다는 듯 고개를 외면하고 피해 가는 사람들도 있다.

"아저씨이~!"

"혀엉~!"

한 무리의 꼬맹이들이 빌라 건물 사이로 달려오며 숨차게 우리를 불러댄다.

"그 개 봤어요."

"저 산에 있어요. 진짜예요. 사진이랑 똑같아요. 요렇게, 요렇게 쪼끄매요."

한 아이가 두 손바닥을 펴서 둥그렇게 합친다.

"확 잡으려고 했는데 쏙 도망갔어요."

"산에 있어요. 진짜예요."

"거짓말 아니에요."

아이들은 감격과 흥분에 빠져서 서로 자기 말을 하느라 정신이 없다. 난 미친 듯 팔딱대는 심장을 진정시킬 수가 없어 가슴을 두 손으로 누르고, 까무형은 버벅대며 급하게 묻는다.

"진짜야? 어느 쪽에서 봤어?"

"저쪽 동네로 넘어가는 데서요."

"사람들 넘어가지 말라고 줄 쳐놓은 데요."

"낭떠러지 심한 데?"

"네. 근데 그 밑으로 도망쳤어요. 쪼르르 구르는 거처럼."

거기도 다 내려가 봤다. 마을버스만큼 큰 바위 아래로 비탈이 가팔라 다리가 되게 후들거렸던 데다. 거기엔 아무 흔적도 없었는데. 하긴 내가 다녀간 다음에 졸라가 그쪽으로 가지 말란 법은 없다. 자기 딴엔 까무형네 집을 찾으려고 온몸의 감각을 총동원하여 길을 더듬어 갔을 수도 있지 않나. 개사장네서의 흥분이 가라앉고, 내 목소리가 생각나서 말이다. 그러다 산

길로 잘못 접어들었는지도. 무엇보다 지금까지 받았던 제보 중 제일 믿을 만하다. 우선 크기가. 그렇게 작은 개는 흔하지 않다. 졸라일 확률이 높다. 그 때문인지 몰라도 느낌이, 울트라 텔레파시가 머릿속 어딘가를 막 흔들어 몸이 찌릿찌릿하다.

"너 어떻게 할래? 주인한테 알리는 게 낫지 않겠어? 둘이 찾는 것보다 여러 사람 동원하는 게 나을 거 같은데."

난 얼결에 고개를 끄덕이며 아이들에게 묻는다.

"정말 그렇게 쪼끄맣고 이런 하얀 수염이었어?"

내가 산신령 수염처럼 손으로 모양을 만들어 보이자 아이들이 일제히 고개를 끄덕인다.

"발도 하얗고."

"눈썹이랑 귓속도."

졸라가 분명하다!

"형, 전화해요."

난 얼른 유경의 휴대폰 번호를 댄다. 혀끝에서 항상 대기하고 있던 번호다. 까무형이 번호를 누르고 신호가 가자 나한테 휴대폰을 건넨다. 통화 연결음과 함께 바로 유경이 전화를 받는다. 학교는 끝났을 시간인데 학원인가? 주변이 시끌시끌하다. 난 숨을 고르고 천천히 유경아, 하고 부른다. 심장이 확 졸아들어 주먹만큼 딴딴하게 작아지는 거 같다. 유경이 잠시 머뭇하다가 '너 으뜸이야?' 하고 자지러진다. 대답할 새도 없이 굵은 남자 목소리가 귓속으로 벌컥 뛰어든다. 아, 사채씨다!
난 화들짝 놀라 내던지듯 휴대폰을 까무형한테 건네고 만다.
까무형이 뭐라고 말을 하는데 쿵쾅거리는 심장 소리 때문에
아무것도 들리지 않는다. 윙윙, 귓바퀴에도 누군가 모터를 매
달아 열심히 돌려대는 거 같다. 당장 여기서 도망치고 싶다.
차라리 아빠처럼 어디에 갇혀버렸으면 좋겠다. 엄마를 따라갈
걸, 하는 후회도 든다. 이제 어떡하지? 괜히 알렸나. 암만해도
괜히 알렸다. 그냥 우리끼리 찾아볼걸. 정 못 찾으면 그때 알
려도 됐는데. 아, 씨! 이제 어떻게 해. 내가 여기서 도망치는
건 아빠를 배신하는 거나 마찬가지일 거고. 그러다 영원히 아
빠와 연락이 끊어지기라도 하면? 왜, 졸라는 데리고 나와서 이
런 일을 만들었지? 죽고 싶다는 건 바로 지금 같은 기분을 두
고 하는 말일 거다. 죽고 싶다. 콱 죽어버리고 싶다.

　사채씨와 줌마씨, 유경이 총알같이 달려왔다. 나를 보자마
자 사채씨가 다짜고짜 귀싸대기를 올렸다. 이미 각오했던 터
라 난 덤덤하게 받아냈다. 이를 악물고 기다리는 시간이 오히
려 끔찍했고 실제로 맞는 순간은 후련했다. 그동안의 조바심
이 확 풀리는 느낌이었다. 사채씨가 한 번 더 손을 올리려는
걸 까무형이 붙잡아 내렸다. 그리고 경고했다. 그렇다, 경고!

한 번만 더 손을 대면 어떤 안내도 하지 않을 거라고. 그땐 졸라고, 졸리고 다 없을 줄 알라고. 악에 받친 줌마씨가 열 손톱을 세우고 달려들다 까무형 말에 멈칫했다.

줌마씨는 너무 빼빼 말라서 알아보지 못할 뻔했다. 퀭한 눈, 쏙 들어간 뺨, 꼭 해골을 보는 것처럼 섬뜩했다. 그래서 더욱 사채씨의 싸대기를 큰 반발심 없이 받아들일 수 있었는지 모르겠다. 지금 줌마씨한테 졸라를 덥석 안길 수 있다면 얼마나 좋을까. 까무형이 말리지만 않았다면 난 사채씨의 손찌검을, 줌마씨의 손톱을 기꺼이 받아냈을 거다. 유경만 안타깝게 나를 쳐다본다. 화난 걸 억지로 참는 눈치다. 난 어떤 비난을 받아도 싸다. 우리는 까무형의 인솔 아래 아이들이 졸라를 봤다는 장소로 향한다.

눈빛만 빤짝빤짝 살아 있는 줌마씨가 까무형을 따라붙고, 사채씨는 내가 까무형을 부축하는 게 답답한지 다그치듯 까무형의 다른 쪽 팔을 잡아끈다. 까무형이 조금은 끌려가주다가 도저히 사채씨의 속도에 못 맞추겠는지 사채씨의 팔을 털어낸다. 유경이 어수선한 틈을 타 내 팔을 툭툭 친다. 난 차마 유경을 쳐다볼 용기가 없어 고개를 돌리고 만다.

"야, 어떻게 된 거야?"

유경이 발끝을 내려다보는 척하며 조그맣게 속삭인다. 할 말이 없다. 아니 어떤 말로도 변명할 수가 없다. 아빠가 우리 아파트를 넘겨줘야 한다고 엄마한테 말할 때도 이런 심정이었을까. 이렇게 저렇게 설명하는 것보다 차라리 입을 다무는 게 낫겠다는 마음 말이다. 유경이 어른들 눈치를 보며 계속 내 팔뚝을 친다. 대답할 때까지 포기하지 않을 태세다. 할 수 없이 입속으로 우물거린다.

"몰라."

"그딴 말이 어디 있어?"

기어이 유경이 내 손등을 아프게 꼬집는다. 혀가 주사 바늘에라도 찔린 것처럼 화들짝 반응한다.

"아이 씨, 옆방 사람이 훔쳐 갔어. 한 번 찾았는데 놓쳤어."

"그게 뭔 소리야?"

난 또 입을 다물고 만다. 사채씨가 옆에서 씩씩거리며 쫓아오는 바람에, 유경이 진짜로 바늘을 들고 혓바닥을 찔러댄다 해도 더는 대답을 못 하겠다. 사채씨의 입에서 뿜어져 나오는 백 도, 이백 도 넘는 뜨거운 열기가 머리 위로 확확 끼친다. 가쁜 숨소리와 함께 욕이 귓바퀴를 할퀸다. '씨브라알 것, 허억 헉! 씨브라알 새애끼, 허억헉! 우리 초올리가 어어떤 개앤데. 미이국 비이싼 허얼토옹이야. 허억헉! 큰 돈 되는 조오은 혀어얼통이라고!' 나는 그한테서 되도록 멀리 몸을 비킨다.

줌마씨가 사채씨의 '조오은 허어얼통' 소리에 큰 소리로 졸라를 부르며 뛰어 나간다. 작은 기척이라도 놓치지 않으려 두

리번거리는 줌마씨의 모습에 마음이 저릿하다. 저 등성이만 넘으면 바로 아이들이 말한 바위 밑 낭떠러진데, 정말 거기에 졸라가 있을까. 난 마음이 급해져 까무형을 부축하던 손을 놓고 앞서 달려 나간다. 유경이 바로 뒤를 쫓는다.

어른들과 거리가 멀어지자 유경이 소리친다.

"어떻게 놓쳤는데?"

"졸라가 놀라서 되게 흥분했나 봐! 또 거기 어떤 놈 때문에 더 그랬어!"

"어떤 놈?"

"그런 놈 있어! 노랑머리! 도둑놈 아들! 그 놈이 자꾸 졸라를 불러대니까 졸라가 어쩔 줄 모르고 더 미쳐 날뛴 거야."

"입 닥치게 해주지!"

"하긴 했는데 나도 그때 정신이 없었어."

"벼엉신! 야, 숨차 죽겠다. 좀 천천히 가!"

"다 왔어. 저기야."

난 등성이 너머 우뚝한 바위에 오르고서야 허리를 구부려 숨을 고른다. 유경이도 금세 쫓아와 가쁜 숨을 몰아쉬다가 '야, 저거!' 하고 소리친다. 유경이 손가락으로 가리킨 곳을 보니, 어! 숨이 턱 막힌다. 저건 비바촐리 목줄? 때가 묻어 거무죽죽했지만 빨간 'VIVACHOLY'가 빼곡 박혀 있는 흰 띠가 가시덤불 아래 나무줄기에 걸쳐 있다. 졸라의 목줄이 분명하다.

"졸라야! 졸라야! 컴 온! 컴 온!"

난 졸라와 컴 온을 외치며 후다닥 바위를 내려가 뒤쪽 아래로 돌아간다. 입에서는 쉬지 않고 졸라와 컴 온이 터져 나온다. 유경은 경사진 곳으로 따라올 엄두가 나지 않는지 바위 위에서 내려다보면서 계속 졸라를 외치고 있다. 난 뒹굴고 넘어지고 구르며 가파른 산비탈을 미친 듯이 달려 내려간다. 발이 어디를 딛고 있는지도 모르겠다. 땅에 닿는 게 손인지 발인지도 구분이 안 간다. 난 네발짐승이 되어 더듬더듬 가시덤불 가까이로 다가간다. 내 숨소리가 꼭 남의 것처럼 크게 들린다. 눈앞에 보이는 건 아, 진짜로 졸라의 목줄이다. 가지에 걸려서 풀어졌나? 아니면 나쁜 놈들한테서 도망치느라? 아니면 혹시 붙잡히면서? 졸라야, 안 돼. 절대 안 돼. 미안해. 지금 어디 있어? 중얼거리며 떨리는 손으로 졸라의 목줄을 떼어낸다. 위에서 줌마씨가 내려다보더니 날카로운 비명을 지른다. 줌마씨도 비바촐리 목줄을 알아본 거 같다.

"그거 촐리 거 맞지?"

난 손에 든 걸 내려다보며 고개를 끄덕인다. 팔다리가 부들부들 떨리고 이마와 등으로 땀이 줄줄 흘러내린다.

"촐리야! 어이구, 촐리야! 내 새끼 어디 갔어! 내 새끼 어디 갔어! 촐리야, 캄 오온! 유경이 너 때문이야. 네가 다 저질러놓은 거잖아. 촐리 찾아내. 우리 촐리 찾아내라고오!"

줌마씨가 유경한테 울부짖는다.

"개새끼가 그렇게 중요해요? 사람보다도 그렇게 중요한 거예요?"

"그래, 네까짓 것들보다 백 배, 천 배, 만 배, 더 중요해!"

"아줌마, 미친 거 알아?"

"뭐? 이놈의 망할 계집애가!"

"어떡하려고요? 날 때리기라도 하려고요? 어디 때려보시든가. 죽이든지 살리든지 어디 해보라고!"

"이 계집애! 날 밀었어? 난 네 엄마야!"

"엄마? 엄마 좋아하시네. 개 엄마지. 왈왈, 왈왈 엄마!"

"너 정말!"

위에서 대들고, 밀치고, 한바탕 몸싸움이 벌어지는 거 같다. 난 비바촐리 목줄을 손에 들고 발만 동동 구른다. 사채씨는 대체 어디만큼 온 거야? 부인과 딸이 저렇게 육탄전을 벌이는데. 내가 올라가자. 올라가서 두 사람을 말리자. 그때 눈앞으로 검은 그림자가 확 내리 덮친다.

"아~악!"

내가 지른 비명인지 유경이 내지른 비명인지 찢어지는 외마디가 산을 뒤흔드는 순간 유경이 장난처럼 내 발 앞으로 퍽 떨어진다.

"유경아!"

바위 위에서 줌마씨가 악을 쓴다. 유경이 바닥에 엎어진 채 널브러져 꼼짝 않는다. 다리 하나가 이상하게 접혀 있다.

"야, 야, 유경아!"

난 유경을 마구 부른다. 유경이 아무 반응이 없다. 죽었나? 유경이 죽었나? 유경아, 나도 모르게 울음이 터져 나온다. 뭐 이런 일이 다 있나. 이건 살인이다. 줌마씨가 유경이를 죽였다. 계모가 의붓딸을 미워해 떠밀어 죽인 거다.

"뭐야? 뭐야?"

사채씨의 붉은 얼굴이 바위 위에 나타난다.

"어떻게 된 거야? 당신, 아일 어떻게 해놓은 거야? 유경아!"

난 악을 쓴다.

"아줌마가 유경일 떠밀었어요! 죽이려고요!"

"아냐, 아냐! 으뜸아, 아냐. 당신, 정말 나 아냐! 그냥 발 헛디딘 거야."

"거짓말이에요. 아줌마가 콱 민 거예요."

사채씨가 이쪽으로 뛰어 내려오며 119를 부르는 거 같다. 뭐라고 소리 지르는데, 사채씨의 다급한 목소리가 점점 가까워진다.

"너 우리 유경이 손대지 마! 구급차 올 때까지 그냥 가만히, 가만히, 그대로 둬!"

곧 곰 울음 같은 소리가 하늘로 멀리멀리 퍼진다. 사채씨가 우나?

　유경은 계속 꼼짝 않고 엎어져 있다. 그 위로 하늘이 와그르르 쏟아져 내린다. 아빠가, 우리 아빠가 그 아래 와작 깔린다. 머리 위로 천둥 벼락이 날뛴다.

★

유경아, 일어나

핏빛의 바다. 난 지금 붉은빛 안에 갇혀 있다. 유경의 머리에서 흘러내린 피, 구급차 이마에서 급하게 돌아가는 경광등 빛, 그리고 왱왱 울려대는 사이렌도 붉은 빛깔로 내 귓속으로 흘러들었다. 내 안에는 핏빛이 소용돌이친다. 위험을 경고하는, 유경은 그 불길한 빛 안에 창백하게 누워 있다. 사채씨와 줌마씨의 울부짖음이 유경의 힘든 휴식을 방해한다. 제발 조용 좀 해주세요. 너무 시끄러워요. 경광등도 삐오삐오 돌아가지 않고, 사람들도 소리 지르지 않고, 주위가 차분해지면 유경이 아무 일 없는 듯 훌훌 털고 일어날 것만 같은데, 왜 그렇게 법석을 부리시나요. 어른들은 정말 이상한 족속들이다. 제발 좀 조용하라고요. 유경이 시끄러워서 깨어날 수가 없잖아요.

내 바람대로 사이렌 소리도 멀어지고 신경을 건드리던 악쓰는 소리도 멀어진다. 그러자 눈앞의 것들도 내 시야에서 사라진다. 대신 막막한 안개 같은 어둠이 나를 겹겹으로 둘러싼다. 발밑이 끝 모를 아래로 꺼지는 거 같다. 난 지금 어디로 가나. 유경인 어디로 갔나. 우리의 졸라는? 아, 우리 아빠는?

"으뜸아, 으뜸아! 야, 정신 차려!"

누구? 아, 까무형. 도대체 어디 있다가 이제야 나타났나. 나만 그 엄청난 용광로 속에 던져놓고. 내 몸이 진짜로 뜨거워. 혀가 불타는 거 같아. 손끝, 발끝으로 번개가 지나가고 있어. 가슴에도 불덩이가 올려져 있나 봐. 까무형, 이 불덩어리를 치워줘.

"많이 놀랄 일이 있었는데 충격이 컸나 봐요."

"며칠 안정시키면 괜찮을 겁니다. 약 먹이고 푹 재우세요."

정말 자고 일어나면 다 괜찮을까? 일단 자자. 잠을 자자. 난 잘 거야. 시키는 대로 푹 잘 거야. 빨리 눕고 싶어. 까무형, 나를 재워줘.

찟찟, 찟찟, 여리고 약한 울음소리가 자꾸 귓바퀴로 감겨든다. 이게 무슨 소리지? 손가락을 움직여보지만 까딱도 못 하겠다. 눈앞은 두꺼운 어둠이다. 밤이라서 이렇게 캄캄하나, 아니

면 눈을 뜨지 못하는 무서운 병에라도 걸렸나. 또 가냘픈 소리
가 찟찟, 찟찟, 어둠을 들추며 날아온다. 난 호흡을 크게 한다.
온몸의 세포들이 살짝 꿈틀거린다. 난 다시 한 번 숨을 크게 들
이마셨다가 뱉는다. 눈꺼풀을 누르던 어둠이 조금 가벼워진다.
눈부신 빛이 천천히 눈꺼풀 사이를 비집고 들어온다. 찟찟, 소
리가 이젠 바로 앞에서 들린다. 겨우겨우 눈을 뜨니 까무형이
손바닥에 제비를 올려놓고 내 얼굴에 바싹 들이대고 있다. 제
비가 나를 향해 갈색 눈알을 또랑또랑 굴리며 또 찟찟, 울어댄
다. 빨리 일어나라고 재촉하는 거 같다. 까무형이 걱정스러운
얼굴로 나를 들여다본다.

"정신 들어? 얘가 널 깨워줄 거라고 믿었어."

아, 새끼 제비가 이렇게 컸나. 어느새 어른 제비가 되어 머
리와 등과 꼬리가 검은 빛으로, 푸른 광택도 난다. 아직도 날
지 못하는 건가? 참, 유경이는?

"유경이 어떻게 됐어요?"

"잘 모르겠어. 산에서 졸라 봤어?"

난 고개를 젓는다.

"그럼 뭐 땜에 그런 거야?"

"졸라 목줄이 있었어요. 가시덤불에 걸려서."

"이거?"

졸라의 비바츨리 목줄이다. 난 얼른 그걸 받아 든다. 목줄을

보니 목이 꽉 멘다. 주인은 어디로 가고 왜 이 빳빳한 목줄만 내 손에 있나. 졸라의 도근도근 작은 심장 소리가 금방이라도 손바닥에 느껴질 거 같은데 졸라는 어디에도 없다.

"난 산에서 졸라를 본 줄 알았어. 이것만 달랑 남아서 그렇게 흥분들 했던 거구나. 어쨌든 졸라가 산에 있던 건 분명하네. 그나저나 주인집 딸, 머리랑 다리 크게 다친 거 같던데. 구급 대원들이 들것에 실을 때까지도 의식이 없었어. ……다 형 때문이다."

까무형이 한숨을 쉰다. 난 아무 말도 못 하겠다. 아니, 하고 싶지가 않다. 뜨거운 열기가 머리로 솟구친다. 곧 머리꼭지가 폭발해 뇌수가 용암처럼 흘러내릴 거 같다. 세상에 뭐 이딴 괴상, 요상한 일이 다 있나. 이렇게 말도 안 되는 일은 이해하고 싶지가 않다. 이해는커녕 그런 것들을 조종하는 놈이 있다면 지구, 우주 끝까지라도 쫓아가 바닥에 패대기쳐주고 싶다. 그리고 바락바락 짓밟아주고 싶다. 이래선 안 되는 거라고, 절대 이따위로 해선 안 되는 거라고, 골수 깊이 가르쳐주고 싶다. 유경이 많이 다치지는 않았을까. 지금쯤 의식을 차렸겠지? 통화라도 해보고 싶은데 전화를 받을 수 있을까.

"유경이한테 전화해주세요."

"실은 통화했었어. 아까 아침에. 유경이 새엄마라는 사람이 받았는데 아직이래. 이틀 동안이나 계속 의식 없다고 이대로

죽으면 어떡하느냐며 막 울더라. 자긴 절대 안 밀었다, 유경
아빠가 반 미쳐간다, 유경이 잘못되면 자기도 죽어버린다 했
다, 정신없이 울부짖는데 미안해서 내가 미칠 거 같더라."

아직이라니? 이틀이 지났는데도 안 일어나고 있다니? 나한
테 '벼엉신'이라면서 자긴 완전 바보 멍청이 등신이 아니고 뭐
야. 무슨 잠을 이렇게 오래 자는데? 아예 안 일어날 생각인 거
야? 그럼 나는 뭐야? 한 번 지휘 본부면 영원히 지휘 본부라야
지. 줌마씨도 되게 웃긴다. 연극이 끝내준다. 속으로 유경이
죽기를 바라지 않았나. 그래서 벼랑에서 그렇게 몰아세우고
끝내 떠밀어놓고 안 그랬다고? 울긴 왜 울어? 유경이를 저렇게
만들어놓고 울면 다야? 사람 죽여놓고 미안하다는 말과 다를
게 뭐 있어? 암만 자긴 손끝 하나 안 댔다고 빡빡 우기지만, 그
걸 어떻게 알아! 정말이라고 해도 마음의 칼을 휘두른 것만은
분명하잖아? 졸라가 유경이보다 백 배, 천 배, 만 배나 더 중요
하단 말이 어디 있어? 하긴 아기를 낳지 않는 대신 졸라를 키
우겠다고 한 아줌마이니 더 말할 필요도 없네. 미친 아줌마인
게 분명해. 정상이 아니고 단단히 미친 사람이라고. 또라이야,
또라이! 완전 또라이! 암만 의붓딸이라 해도 그렇게 말하는 게
어디 있어? 나도 졸라를 많이 좋아하고 많이 걱정 돼. 하지만
엄마에게 버림받은 불쌍한 유경이한테 대놓고 그렇게 말할 순
없는 거야. 적어도 어른은 그러면 안 되는 거 아냐? 유경이는

유경이대로 중요한 거고 졸라는 졸라대로 중요한 거지. 그딴 말이 어디 있어, 어디 있냐고?

"병원 어딘지 물어봤어요?"

"여의도 성모 병원이래. 유경이 깨어나면 연락해달라고 부탁했어."

낭떠러지 아래는 온통 사람 발자국들로 가득하다. 비바촐리 목줄이 걸려 있던 자리. 내가 목줄을 들고 서 있던 자리. 유경이 떨어져서 피를 흘린 자리. 모두 두세 걸음이면 다다를 수 있는 곳이다. 난 목줄을 손에 들고 그 세 군데를 빙빙 돌며 주문을 왼다.

졸라, 어디 있어? 빨리 유경을 깨워. 자, 나 있는 데로 뛰어와, 얼른!

유경, 일어나지 못해? 졸라를 찾아야지. 야, 얼른 일어나!

난 매일 아침 이곳에서 졸라와 유경을 향해 텔레파시를 날리고, 꾸준히 탐색 범위를 넓혀가며 졸라의 흔적을 찾는다. 까무형은 산자락에서 산의 등고선을 따라 돌면서 올라오고 있다. 그동안 다리의 깁스를 풀었다. 이런 일이 없었다면 축하한다는 말을 건넬 수도 있었는데, 우리는 거의 말을 하지 않고 지낸다. 아니 내가 거의 말을 하지 않는다. 아주 필요한 말들 네,

아니오, 그리고 침묵. 까무형은 지치지도 않는지 혼자 묻고 혼자 답하고 혼자 중얼거린다. 내가 듣겠거니 하는 거겠지만.

며칠째 졸라의 흔적도, 유경한테서도 소식이 없다. 얼마가 지났는지도 모르겠다. 날짜를 세지 않은 지 오래다. 까무형이 슬그머니 아빠 면회를 가야 하지 않느냐고 물어왔다. 지금쯤 구치소 안에서 얼마나 속을 끓이고 계시겠느냐고, 으뜸이 얼굴이라도 한 번 봐야 안심하시지 않겠느냐고, 사채씨란 양반이 그간의 일을 다 알렸다지 않느냐고. 난 네, 아니오, 단답형의 대답도 못 하고 있다. 아빠가 너무 보고 싶지만 아빠를 만날 수가 없다. 아빠가 내 몰골을 보면 더 걱정하고 미안해할까봐. 내 몰골도 줌마씨만큼이나 해골이 되었다. 얼마 전 화장실 거울에 비친 나를 보고 기겁을 했다. 어린 해골이 낯설게 나를 쳐다보며 얼굴을 찡그렸다. 이런 모습을 보고 아빠가 구치소 안에서 큰 병이라도 날까 봐 못 가는 거다. 현실은 생각보다 힘이 세다. 난 현실의 힘이 무섭다. 그래서 난 유경이 깊은 잠에서 깨어나고 졸라를 찾아내고 모든 게 원상 복귀되면, 내가 해골에서 벗어나게 되면, 그때 아빠한테 갈 거다.

산이 조금씩 어둠에 잠긴다. 난 오늘도 허탕으로 산을 내려간다. 저쪽 등성이 단풍 든 나무숲 사이로 윗집 할머니 모습이 보인다. 할머니도 오늘은 포기하고 지금 내려가나 보다. 유경의 사고로 동네가 발칵 뒤집히고 나서, 그 일이 졸라 때문에 생긴 일이라는 걸 알고 할머니도 졸라 찾는 일에 합류했다. 꼭 졸라를 찾아 내 품에 안겨준다 했다고 까무형이 전했다. 개사장이 산을 기웃거리는 걸 본 할머니가 길길이 날뛰며 아들을 내쫓았다는 얘기도 같이 전했다. 난 그런 얘기들이 하나도 반갑지 않았지만 졸라를 찾는 일이 더 급했으므로 모른 척했다. 동네 꼬맹이들도, 동네 어른들도 틈만 나면 나서서 산을 뒤졌다. 가끔 노랑머리도 보였다. 난 놈을 볼 때마다 갈가리 찢어 죽이고 싶어 손이 부르르 떨렸다. 이건 진심이다. 감정은 생각보다 솔직한 법이니까. 그러나 난 그렇게 하지 못했다. 대신 까무형한테 그 자식은 절대 산에 나타나지 못하게 해달라고 부탁했다. 옥탑방에 가두든 철탑에 묶어놓든, 놈이 내 눈앞에 나타나기만 하면 그땐 책임지지 못할 거라고 엄포도 놓았다. 놈의 팔뚝이든 손가락이든 물어 끊어버릴지도 모른다고. 핏물이 뚝뚝 떨어지면 그걸 받아 마셔버릴 거라고도 했다. 그 말을 하면서 나도 모르게 진저리를 쳤다.

　졸라는 사라졌다. 비바촐리 목줄만 던져놓고 감쪽같이 사라졌다. 우리 인간들을 놀려먹기라도 할 작정으로. 이젠 뒷산 구석구석 어느 곳에 어떤 나무가 어떤 모양으로 자라 있는지, 얼마만 한 바위가 어느 곳에 어떤 방향으로 어떻게 놓여 있는지, 눈을 감아도 훤하게 그릴 수 있지만, 졸라의 흔적은 더 이상 찾아볼 수 없다. 우두커니 유경이 떨어진 바위에 앉았다가 돌아오는 날이 늘었다.

그동안 아빠한테도 다녀왔다. 정확히 말하면 구치소 앞을 서성거리다 돌아왔다. 그날 유경이 있다는 병원도 찾아갔다. 오래도록 병원 건물만 쳐다보다 들어가지는 못했다. 대신 병원 앞 아파트 단지에 몸을 숨기고 병원을 향해 열심히 텔레파시를 날렸다. 일어나, 유경아. 야! 일어나. 제발 일어나줘. 까무형은 계속해서 졸라를 찾는 거 같았다.

나도 계속 졸라를 찾았다.

★

마법의 희망

　제비들이 떠났다. 방문을 여는데 주위가 너무 조용해 처마를 올려다보니 제비 집들이 텅 비어 있었다. 새끼 제비, 이젠 어른이 된 날개 다친 제비만 남기고 모두들 떠나버렸다. 곧 겨울이 닥칠 거다. 그건 다친 제비와 내가 까무형 집에서 겨울을 보내게 된다는 뜻이다.

　난 남겨진 제비를 물끄러미 바라본다. 종이 상자 안에서 제비도 나를 말갛게 건너다본다. 우리는 서로, 오래, 가여워한다. 한참 뒤 제비가 찟찟, 하고 묻는다. '우리 엄마 아빠와 형제들이 떠나는 거 몰랐니?' 내가 묻는다. 그럼 넌 알고 있었어? 제비가 '그래' 하고 대답한다. 슬프지 않았어? 제비가 오래 대답이 없다. 난 제비를 위로한다. 사는 건 원래 그래. 그렇게 서로 헤어지면서 사는 거야. 우리 엄마도 머얼리 떠났어. 거기도 강남처럼 따뜻한 곳이래. 제비가 '너도 슬프니?' 하고 묻는다. 난 괜찮다고 대답한다. '나도 곧 괜찮아질 거야.' 제비가 대답한다. 그래, 우리는 다 괜찮을 거다. 앞으로 더 괜찮아질 거다.

유경이만 깨어나면,

졸라만 찾으면.

난 얼마든지 제비를 돌보고 보호할 수 있다. 혼자서 아빠도 기다리는데 제비 하나 키우는 일은 아이스크림콘 먹는 것보다 쉬운 일이다. 떠났던 제비들이 돌아오면 깔끔하고 튼튼한 둥지를 골라 짝도 만들어줄 수 있다. 비록 날개는 다쳤지만 건강한 새끼들을 낳게 할 수도 있다.

유경이만 깨어난다면,

졸라만 찾는다면.

까무형이 비탈길 아래서 숨차게 나를 부르며 소리친다.

"으뜸아, 그 집 딸 깨어났대. 유경이, 걔가 널 찾는대. 빨리 전화받아봐."

뭐라고? 머릿속에 무지갯빛 회오리가 일어난다. 유경이라고? 하늘에서 유경, 유경, 소리를 내며 유경의 이름이 하늘하늘 팽그르르 떨어진다.

"뭐해? 빨리 받아봐."

까무형이 건네는 휴대폰을 빼앗듯 귀에 대고 여보세요, 외친다. 달팽이관 속으로 달뜬 목소리가 뛰어든다. 줌마씨다. 심장이 벌겋게 툭 떨어지는 거 같다.

"여보세요? 으뜸이니? 으뜸이야?"

"네."

내 목소리가 회색빛으로 졸아든다.

"으뜸아, 우리 유경이 깨어났어. 우리 유경이 깨어났다고. 너 보고 싶대."

줌마씨가 운다. 흑흑 흐느끼며 틈틈이 고마워, 고마워, 한다. 유경이한테 보내는 감사의 인사일 거다. 나도 고맙다. 유경이가 깨어나줘서 정말 고맙다.

"아줌마, 유경이 이제 괜찮은 거예요?"

나도 울고 있다. 소리 없는 눈물이 볼을 타고 철철 흘러내린다.

"의사 선생님이 이젠 괜찮을 거래. 말도 잘해. 진짜 말도 잘해. 유경이가 널 용서해주라고 했어. 그러면 아줌마도 용서해주겠대. 엄마라고도 부르겠대."

줌마씨 울음이 커진다. 나도 울음이 북받친다. 줌마씨 울음보다 더 큰 울음이 올라온다. 줌마씨가 정말 유경이를 떠밀었을까? 이런 줌마씨한테 떠밀고 싶은 마음이 털끝만큼이라도 있었을까? 내 착각이었지? 너무 놀라서 내 머리가 이상해진 거였지?

"지금 우리 유경이 보러 와. 아저씨한테도 잘 말씀드리고 있으니 너무 걱정 말고."

"네, 지금 갈게요."

난 휴대폰의 폴더를 닫는다. 까무형한테 휴대폰을 건네주는데 손이 달달 떨린다. 다리도 벌벌 떨려 난 그 자리에 주저앉고 만다. 너무 기뻐도 몸에서 힘이 빠져나가는 건가 보다.

"뭐래? 너더러 오래?"

난 고개를 끄덕인다.

"혼자 갈 수 있겠어?"

난 크게 고개를 끄덕인다. 얼마든지 갈 수 있다. 그동안 상상 속에서 얼마나 많이 다녀왔나. 밥 먹을 때도, 씻을 때도, 유경이 의식 없이 병원 침대에 누워 있는 걸 생각하면 난 숨을 쉴 수가 없었다. 그때마다 주문을 얼마나 많이 날렸나. 일어나, 유경아. 일어나서 밥 먹어. 일어나서 세수해. 일어나, 졸라 찾으러 가야지. 드디어, 드디어, 내 텔레파시가 전해진 거다. 근데 어떻게 줌마씨 얼굴을 보지? 줌마씨가 암만 나를 용서했다 해도 말이다. 사채씨는? 아, 졸라만 찾을 수 있었다면, 지금 졸라만 내 옆에 있다면 흩어진 퍼즐 조각을 맞추듯 어긋난 것들이 완벽하게 복구되는 건데.

"잠깐, 이거 갖고 가."

까무형이 겉옷 속주머니를 뒤져 봉투 하나를 꺼낸다.

"이백오십만 원이야. 유경이 깨어나면 이렇게 하려고 준비
해뒀어. 이백은 트럭 사려고 형이 모으던 거고, 오십은 윗집
할머니가 주셨어. 아들놈 도사견들 죄 죽게 만들었는데 감방
까지 들어가는 거 볼 수 없었다며 으뜸이 너한테 정말 미안하
대. 이제 그쪽은 한시름 놓을 테니까 이거 갖다 드리면서 아빠
일 한 번 부탁해봐. 졸라 몸값엔 턱없는 돈이지만 성의로. 아
빠 삼심 날짜가 얼마 남지 않았어. 형이 알아봤어."

"형!"

난 말을 잇지 못한다. 할머니의 이야기도 놀랍다. 난 할머니
가 그런 마음이었을 거라곤 조금도 생각 못 했다. 오직 자기
아들 편드는 걸로만 알았는데.

"너한테 미안해서 그래. 유경이한테도. 그이들한테도. 너희
아빠 나중에 돈 많이 벌면 그때 갚아줘도 돼. 할머니한테도."

알았어요, 하는 데 또 울음이 솟구친다. 눈물은 참 이상도
하지. 기쁠 땐 웃음이 터져야지 눈물이 쏟아지는 이유가 뭐야?
난 눈물을 그렁그렁 매단 채 까무형을 향해 활짝 웃어 보인다.

"빨리 가. 근데 어린애한테 큰돈 보내려니 불안하네. 형이
같이 가주면 안 돼? 형은 밖에 있을게."

난 단박 까무형의 팔짱을 낀다. 제비가 찟찟, 하고 축하를

보낸다. 난 제비한테 손을 들어 보이고 파이팅을 외친다. 까무
형이 나와 제비를 번갈아 보다 큰 소리로 웃는다.

유경이 하얗게 나를 맞는다. 다리와 머리에 붕대를 감아서
그런가, 유경이 눈사람처럼 하얗다. 내가 들어서자 유경이 배
시시 웃음을 짓다가 아픈지 살짝 얼굴을 찡그린다. 줌마씨가
내 어깨를 가볍게 다독이더니 자리를 피해준다. 미리 그러기
로 약속이 돼 있는 거 같다. 난 주저주저 유경이 침대로 다가
간다.

"괜찮아?"

"그래, 벼엉신아. 나 걱정 많이 했냐?"

난 차마 입을 열지 못한다. 지난 일들이 날카로운 송곳이 되
어 명치를 콱콱 찌른다.

"졸라 진짜 못 찾겠어?"

"암만해도 산엔 없는 거 같아."

"찾으면 좋은데. 어디서 죽진 않았겠지? 졸라한테 되게 미
안하네. 새엄마한테도. 우리 그러지 말걸. 내가 괜히 하자고
우겼지?"

나는 눈을 끔벅거리며 유경을 쳐다본다. 예전의 유경이 아
니다. 정신을 잃은 동안 어디 딴 세상에라도 다녀온 거 같다.

"왜, 이상해? 나 이제 새엄마랑 잘 지내려고. 내가 좀 싸가지 없이 굴었잖아. 그러지만 않았으면 졸라 문제로 사이가 더 나빠지지도 않았을 텐데. 왜 그땐 분위기 파악을 못 했을까? 미리미리 알았다면 서로 마음 다칠 일도 없었을 거고. 내가 깨어나니까 새엄마가 막 울면서 고백하더라. 우리 새엄마 아기 아예 못 낳는대. 그거 땜에 이혼도 당했나 봐. 아빠한텐 자존심 상해 그런 말 하기 싫었대. 나를 친자식처럼 키우려 했다는데 내가 엄청 들이댔잖아. 이혼하면서 우울증을 심하게 앓았나 봐. 자꾸 병이 도지려 해서 졸라 데려왔다는데 많이 미안하더라. 졸라 잃어버린 거, 우리 다 용서한다고 했어. 걱정 마."

"아줌마한테 진짜 죄송하다. 졸라한테도 미안하고."

"그러게."

"근데, 유경아. 저어……."

"너희 아빠 땜에?"

"응, 같이 사는 형이 돈 줬어. 너 깨어났다니까. 삼심이 얼마 안 남았다고 아저씨한테 사정해보라고. 나 너무 이기적이지?"

"나도 너희 아빠 나오게 되면 좋아. 그러면 졸라만 불쌍하게 된 거 말고는 우리 다 잘되는 거잖아. 울 아빠 속이 많이 쓰리겠지만. 우리 새엄마 좀 불러줘."

유경의 입에서 나오는 '우리'라는 말도, '엄마'라는 말도 참 듣기 좋다. 비록 '새' 자가 붙었지만. 따뜻한 물이 맨살에 감겨

드는 것처럼 '우리 새엄마' 소리가 부드럽게 가슴에 퍼진다.
나도 줌마씨라는 호칭을 버려야 할 때가 온 거 같다. 당연히
버려야지. 아줌마한테 조금이라도 용서를 구하는 마음으로.

유경이 부른다는 말에 아줌마가 반가워하며 병실로 들어온
다. 빼빼 말랐지만 얼굴빛이 환해서 지난번보다 훨씬 편하게
쳐다볼 수 있다.

"죄송해요."

"괜찮아, 괜찮아. 다 괜찮아. 우리 유경이 깨어났으니 다 괜
찮은 거야."

"촐리……."

아줌마 얼굴이 굳어지다 다시 풀린다.

"계속 찾으라고 시켰어. 그러잖아도 우리 촐리랑 똑같이 생
긴 개 봤단 소식도 있고. 좀 황당한 얘기지만 촐리가 떠돌이
개 무리를 이끌고 달려가는 걸 옆 동네서 본 이들이 있대. 유
경이 퇴원하면 같이 찾아보자. 똑똑해서 잘 있을 거야. 혹시
모르지, 소문처럼 진짜 떠돌이 개 우두머리가 돼 있을지도."

뭐라고? 촐라가 주인 없는 개들의 대장이 됐다고? 왠지 그
말이 사실일 것도 같다. 촐라는 우리의 그랜드 챔피언 아닌가.
어디서 눈에 띄게 활약하고 있을지도. 동네 개들 앞에서 잘난
척 뻐기기도 했으니까. 수십 마리의 개를 뒤따르게 하고 앞장
서 달리는 촐라가 머릿속에 그려진다.

"그래, 우리 출리가 시시하게 그냥 없어지진 않았을 거야. 빨리 찾아봤으면 좋겠어."

유경이가 아줌마 말에 반갑게 동의한다. 나도 얼른 고개를 끄덕인다. 돌아가면 옆 동네 골목골목, 구석구석, 더 먼 데까지 샅샅이 다시 뒤져봐야겠다.

"그리고 저어기, 새엄마! 으뜸이가 아빠한테 부탁이 있대요. 자기 아빠 풀어주면 안 되겠느냐고. 새엄마가 부탁해보면 안 돼요? 으뜸아, 아까 그거 우리 엄마 드려. 엄마가 아빠한테 말하는 게 훨씬 나을 거야. 아빤 우리 엄마 좋아하니까."

아줌마가 글썽한 눈으로 유경을 바라본다. 아마 유경한테서 처음으로 '우리 엄마' 소리를 듣는 거 같다. 난 같이 사는 형이 줬다는 말과 함께 얼른 봉투를 내민다.

"아냐, 아빤 우리 유경일 더 좋아하지. 지금 오고 계실 텐데 잘 말씀드려보자. 실은 으뜸이네 일 유경이랑 같이 부탁해보려고 빨리 오시라 했어. 너희 둘 다 맘 편했으면 해서. 그러잖아도 아빠 설득하고 있었거든."

"으뜸이 보면 지랄…… 아니 난리 칠 텐데. 안 만나게 하는 게 좋지 않아요?"

"아냐, 아빠 이전하고 많이 달라지셨어. 우리 유경이 의식 없을 때 아빠가 얼마나 우셨는지 모를 거야. 하늘에 대고 잘못했다고 소리 지르고, 딸마저 빼앗아 갈 작정이냐고, 우리 유경이만큼은 살려달라고, 뜻 모를 횡설수설로 막 통곡하시는데 아빠가 미치시는 줄 알았어. 너 의식 돌아오고 아빠, 눈물 콧물 범벅되어 좋아하시는 거 봤지? 유경아, 우리 같이 떼써보자."

그때 병실 문이 벌컥 열리며 사채씨가 들어온다. 나를 쳐다보는 눈이 꼭 번갯불을 내쏘는 거 같다. 난 얼른 눈길을 아래로 떨어뜨린다. 죄송하다는 말을 하고 싶지만 혀가 움직이지 않는다. 아줌마가 까무형의 봉투를 내밀며 자초지종을 설명하는데 귓속이 왕왕거리고 심장이 덜컹덜컹 뛰고 입안이 바싹바싹 마른다.

"아빠, 새엄마랑 아빠한테 착한 딸 될게. 으뜸이네 용서해주면 안 돼요?"

사채씨가 유경을 슬쩍 건너다보더니 봉투를 열어 느릿느릿 헤아리기 시작한다.

"부탁이에요, 아빠."

만 원짜리가 한 장 한 장 넘어갈 때마다 간이 한 움큼씩 졸아드는 거 같다. 사채씨한텐 새 발의 피일 건데. 과연 저걸로 철옹성 마음을 돌릴 수 있을까? 유경이의 가슴 졸인 귀환이 짜장 사채씨의 마음을 허물었을까? 사채씨가 마지막 지폐를 손가락으로 탕 튕기며 내뱉는다.

"너 데리고 있는 사람이 이걸 거저 줬다고?"

난 조심스럽게 고개를 끄덕인다. 사채씨가 돈뭉치를 한참 들여다보다가 던지듯 나한테 건넨다.

"갖다 줘!"

손바닥 위에 놓인 돈뭉치가 쇳덩이처럼 무겁게 느껴지면서 머리가 멍해진다. 그래도 희망을 갖고 싶었는데.

"알았으니 가라고!"

아줌마와 유경의 눈이 커지며 얼른 나가라고 눈짓한다. 난 허겁지겁 병실 문을 뛰쳐나간다. 등 뒤에서 '우리 유경이 덕분인 줄이나 알아!' 하는 소리가 쩌렁쩌렁 울린다. '여보, 고마워요. 우리 가족 이제 뭉치는 거네!' 이건 아줌마의 목소리다. '엄마, 촐리가 우리랑 으뜸이네 이렇게 되라고 일부러 안 나탄난 거 아네요?' 이건 유경의 목소리다.

그렇다면 아빠가? 이제 아빠가 나오게 되는 거야? 그런 거야? 촐리가 우리 가족이랑 유경이네를 위해 숨어버린 거 같다고? 그 말이 진짜일까? 정말 그랬을까? 촐리한테 고맙고 미안해서 어떡하지. 아, 정말 미안해서 어떡해.

근데 사채씨는? 까무형이 준 돈도 안 받고 그냥 깨끗이 용서해주다니. 사채씨가 아주 악독한 사람은 아니었던 거야? 엄마 말대로 유경이 오빠 죽고 나서 지독한 사람으로 변해버린 거였어? 원래는 안 그런 사람인데 어쩔 수 없이 말이야. 나도 어쩔 수 없이 이렇게 된 거고? 그렇지만 촐리가 옆에 없잖아. 이젠 아무도 촐리를 만날 수도, 품에 안아보지도 못하잖아. 똥글

뚱글 빛나는 눈도 못 맞추잖아. 악을 악으로 갚으려 해선 안 된다는 까무형 말이 뭔지 알겠어. 누구든 화를 너무 많이 내면 평생 뉘우쳐야 할 일을 저지르게 된다는 뜻이야. 미워하는 마음도 마찬가지고.

졸라를 끝까지 못 찾으면 난 깊은 죄책감에 빠지겠지? 언제까지고 후회하고 미안해하면서 말이야. 생각이 많이 부족했어. 내 속상한 마음만 중요하다고 그 안에만 머리를 처박았던 꼴이야. 사채씨가 나한테 나쁘게 했으니 나도 똑같이 해도 된다, 그건 절대 아니었는데. 죄짓고 나면 그 꼬리표가 영원히 붙어 다니게 되는 건데. 아무리 아빠를 위한 일이었다고 변명해도 내가 졸라를 훔쳤다는 사실은 변하지 않아. 무엇보다 아빠가 원하지 않을 방법이었어. 나한테 으뜸이란 이름을 지어줄 때는 아들이 이런 모습으로 자라는 걸 바라시진 않았을 거 아냐. 그리고 더 중요한 건 졸라가 지금 옆에 없다는 거야.

눈물이 왈칵 쏟아진다.

"으뜸아!"

까무형이 복도 끝에서 기다리다 뒤뚱뒤뚱 뛰어온다. 걸을 때보다 뛸 때 더 많이 절뚝거린다. 또 눈물이 앞을 가린다. 형, 그렇게 뛰지 마. 난 속으로 까무형을 말린다. 근데 아빠 소식을 전할 걸 생각하니 나도 모르게 웃음이 터져 나온다. 난 울면서 웃고, 웃으면서 훌쩍거린다. 훌쩍이다 문득, 봄 햇살 아래 있는 것처럼 눈앞이 환해진다. 아지랑이가 콧등을 살살 간질이는 거 같다. 흥분에 아무나 붙들고 큰 소리로 외치고 싶다.

여러분, 유경이도 깨어났고 우리 아빠도 나올 거예요! 난 알아요! 겨울이 아무리 맵차도 반드시 지나간다는 거요! 다가오는 연둣빛 봄을 두 팔 벌려 막을 순 없다는 거요! 그 따스한 봄날, 강남 갔던 제비가 까무형네 처마를 찾아올 테고 혼자 남은 다친 제비도 반드시 가족을 만나게 될 거라는 거요!

유경이네도 가족이라는 완전한 희망을 갖게 되었고 아빠와 나도 끝끝내 희망을 놓지 않았다. 곧 엄마와 송이도 낭랑한 봄을 재촉하며 먼먼 하늘을 날아올 거라 믿는다. 모두 제자리를 찾고 나면 졸라도 마법처럼 자기 모습을 드러내지 않을까? 내가 아빠의 희망의 마법에 걸린 것처럼 말이다.

까무형이 덥석 내 손을 잡고 숨 가쁘게 묻는다.

"어떻게 됐어?"

"형, 아빠가 나와요. 이제 우리 아빠가 나온다고요. 근데 졸라한테 미안해서 어떡해요. 정말 졸라가 떠돌이 개들의 대장이 됐을까요?"

컴 온, 졸라!

졸라, 컴 온~!

어느 날 문득 집 앞의 교도소와 구치소가 텅 비었다. 그때의 소스라침이라니. 그 많은 수용자들을 언제, 어느 시간대에 다 이송시켰는지 신기하다 못해 섬뜩하기까지 했다. 시설의 집기들 또한 만만찮았을 텐데 그즈음에는 이삿짐 트럭조차 본 기억이 없었다. 우리 아파트 부엌 창문으로 훤히 보였을 그것을, 어떻게 그토록 까마득히 몰랐을까. 비밀공작이나 군사 작전을 방불케 하는 신속함으로 이뤄졌으리라 추측하면서도 조금도 실감 나지 않았다. 굳게 닫힌 철문 앞을 지나다니면서 남는 것은 까닭 모를 아쉬움이었다.

느닷없는 아쉬움의 정체는 뭐였을까.

그 감정을 짚어나간 끝에 희망의 부재가 있었다. 그

리고 수용자들의 가족. 더 나아가 안타까움.

세상살이에서 수많은 실수와 잘못을 저지르더라도 가족의 따뜻한 응원만 그치지 않는다면, 그들은 힘을 낼 수 있지 않을까.

가족 위기, 가족 해체가 전염병처럼 번지는 작금의 시대에 '가족이 희망'이라는 글을 쓰고 싶었던 것 같다. 수용자들을 실은 이송 버스를 우두커니 바라보면서. 철창에 가려진 차창이 가슴을 무겁게 누를 때마다……. 그리고 마침내 중학생 으뜸이가 탄생했다. 고집통에다 용감하고 아빠를 무지 사랑하는, 때로는 영악하기까지 한.

원고를 퇴고하는 동안 18년째 우리 가족과 함께해온 애완견 '깜이'가 생사의 갈림길을 헤맸다. 눈도 거의 안 보이고 귀도 거의 안 들리는 노령의 개라 오래 살지 못하리라는 건 알고 있었지만 갑자기 먹는 걸 거부해 충격이 컸다. 물론 한 달여 전부터 불린 사료를 먹고 있던 터라 죽음이 머지않았다는 건 짐작하고 있었다. 좋아하는 우유마저 거부하는 깜이를 안고 눈물 바람으로 찾아간 동물 병원에서는, 심장 소리로 보아 그날을 못 넘길 것 같다고 했다. 집에 가는 도중 죽을 수도 있으니 마음의 준비를 하라는 것이다. 억지로 음식을 먹일 생각은 하지 말라는 냉정한 충고도 빠뜨리지 않았다. 죽을 때 토하면서 힘들어한다는 설명을 곁들였다.

그러나,

오랜 시간 가족으로 지낸 깜이를 하루아침에 간단히 보낼 순 없었다. 충분히 어떻게든 해보고 나서 보내야 남은 사람들이 아쉽지 않을 것 같았다.

또다시 아쉬움이다.

그때부터 한 시간 단위로 우유를 입안으로 흘려보냈다. 티스푼으로 서너 번, 네다섯 번, 대여섯 번. 의사의 조언을 무시한 행동이었다. 그러면서도 깜이의 죽음을 각오하고 있었다.

그런데,

사흘째 되는 날 깜이가 우유를 직접 할짝거렸다. 비록 한두 번이지만 먹을 의지가 있다는 건 살 의욕이 있다는 거다. 그건 바로 희망을 품는 일.

또다시 희망이다.

깜이는 살아났다. 지금도 불린 사료를 먹고 있지만 가끔 마른 사료도 몇 알 먹는다. 사과 조각도 먹고 간식도, 우유도 먹는다. 앞으로 적어도 몇 달, 어쩌면 일 년을 더 살 수 있을지도 모른다. 희망이 깜이를 살렸다.

으뜸이한테도 무조건 희망을 선물하고 싶다. 살아가면서 어느 누구든 허방, 삶의 깊고 어두운 구렁을 만날 수 있다. 그걸 맞닥뜨리는 상황은 두 가지. 빠지거나, 뛰어넘거나. 뛰어넘기 위해서는 약간의 도약이 필요하다. 도움닫기처럼 말이다. 거기의 에너지는 역시 희망이다. 에너지원은 역시 가족. 그런 의미에서 졸라를 반드시 되찾을 수 있으리라 믿는다. 포기만 하지 않는다면.

으뜸이, 파이팅!

2013년 6월 여름의 문턱에서
홍양순

컴 온, 졸라

2013년 6월 28일 1판 1쇄 찍음
2013년 7월 5일 1판 1쇄 펴냄

지은이	홍양순
펴낸이	손택수
편집	이호석, 하선정, 임아진
디자인	김현주
관리 · 영업	김태일, 이용희

펴낸곳	(주)실천문학
등록	10-1221호.(1995.10.26.)
주소	우121-839, 서울시 마포구 서교동 478-3 동궁빌딩 501호
전화	322-2161~5
팩스	322-2166
홈페이지	www.silcheon.com

ISBN 978-89-392-0699-1 03810